大活字本シリーズ

冬の標《しるべ》

乙川優三郎

≪下≫

埼玉福祉会

冬の標《しるべ》

下

装幀　巖谷純介

冬の標

気が高ぶっていたのか、その夜は幾度も目覚めたが、明け方、白みはじめた空が青く染まるのを見て明世はほっとした。深い眠りにつけなかったのは前日林一の帰宅が遅かったせいもあるが、一夜明ければ修理と会えるからであった。七月には帰国しながら、彼から連絡があったのはつい五日ほど前のことで、八月も終わりかけていた。それから降ったり止んだりの雨続きで、今日も雨かと思っていると美しい秋晴れであった。

「昨夜は遅くなり、申しわけございません」

朝餉の支度を終えて雨上がりの庭に立っていると、林一が起きてきて声をかけた。急に背が伸びて肉付きの追いつかない姿は土筆《つくし》のようで、

「顔を洗って、お茶をいただきなさい、すぐに食事にいたしますから」

明世は振り向いて見上げた。林一の帰宅が遅いのは昨日に限ったことではなく、毎晩のように勤皇派の会合があるらしかった。神奈川から志気盛んな男たちが帰国すると、果たして保守派との攻防がはじまったのである。彼らが帰国して間もない七月の二十日に将軍家茂《いえもち》が大坂で急死し、八月には継嗣《けいし》の決まらないまま徳川慶喜《よしのぶ》が参内《さんだい》して征長

解兵の勅許を得ている。幕府は八月二十日になって家茂の喪を発したが、長州の勝利と将軍の死はすでに諸国へ伝わっていて、佐幕派の藩主や重職たちを動揺させる結果となった。

藩でも政権を摑んで間もない保守派が土台からぐらつき、城中では勤皇派との論争がはじまったという。もともと下士の多い勤皇派は発言の場が限られているが、それだけに結束が強く、城中での議論の顚《てん》末《まつ》はすぐに伝わってくる。意見書をまとめるにしても議論を尽くし下の意見を掬《すく》い上げるので、頻繁に会合が持たれるらしい。明世は敢えて訊かずにいたが、林一はどこかで修理と同席しているのかもしれず、彼が夢中になるくらいだから修理も忙しいのだろうと思い巡らしていた。

「今日も遅くなりそうですか」

彼女の問いかけに林一は黙ってうなずき、顔を洗いに井戸のほうへ歩いていった。季節は秋冷を迎えて水も冷たくなったというのに、彼は井戸端に立つと片肌脱ぎになって力任せに体を拭きはじめた。見ている明世ほど寒くないのか、若い体からは湯気が立ち、血の流れも猛々しいようであった。

彼女は台所へ引き返して、茶を用意した。一日のはじめと終わりに熱い茶を飲むのが、そのころ一家の贅沢な日課となっていた。

まだ早い朝のひととき、茶の間に集うと、

「公方《くぼう》さまが死んだって?」

いきなりそでが茶を飲みながら言い、明世と林一は顔を見合わせた。

世の中と縁を断ったような老女の耳にも、どこからか大事は聞こえてくるのだった。

「たかが長州一国に勝てずに、幕府はどうしたのか」

そでは長い溜息を洩らした。

「林左衛門が生きていたら、夜も日もなくなるだろうに……」

「おかあさま」

明世はそでを制して、食事の前にもう一服するようにすすめた。老女の口から林左衛門の名が出て、述懐のはじまらないときはないのだった。言葉を攫《さら》われたそでは釈然としない面持ちだったが、林一が継いだ言葉に興味を持ったようだった。

「そのうち御家も変わりますよ、長州がいい例でしょう」

「変わるって、どう変わるのかね」

「さあ、それはまだ分かりませんが、変わらずにはいられない時勢ですから」

今度のことで言えば、幕府は大名や民衆に過酷な我慢を強いて敵に回したが、長州は逆に民衆を味方につけたうえ鉄砲硝薬《しょうやく》も充実していたそうです、と林一は話した。たとえ幕府といえども、もはや権威や大義で相手を屈服させることはできない。異国の軍艦と対するには異国の軍艦を買うしかないように、いまは虚栄心を捨てて相手に学ぶべきときだと言った。

「御家で言えば、ご重職が大義名分を振りかざして済んだのはむかしのことで、いまは足軽や中間《ちゅうげん》の意見であろうと正しいことは正しいと認めなければなりません」

「そんなことをしたら示《しめ》しがつきませんよ」

「ですから、そういうことも含めて変わってゆくだろうと……」

「何やら頼りない話だ」

そでは不満気に言い、林一は苦笑して、茶番の一幕は終わった。明世は食事を出すと、林一のいる間に言うだけは言っておこうと思い、今日は経師屋へ出かけますと話した。それは本当だが、修理の名を口にしなかったのは、非番とはいえこういう時期に女子と会っていると知れたら、彼に迷惑がかかるような気がしたからである。

「あの絵はいいですよ、また経師屋が欲しがるかもしれない」

林一は屈託のない声でそう言った。

修理との待ち合わせを考えて、八ッ(午後二時頃)前には大工町の経師屋へゆくと、老主人が揉《も》み手《で》をしながら出迎えて、今日はどんな絵を拝見できるやら、と持参した巻軸に目を落とした。春に予定していた書画会が流れて、水草の絵を譲って以来、彼とは顔馴染みであった。そのときの付け値は一分で、あとにも先にも絵が売れたのはそれきりだが、明世はその金で絹布を買ったのである。彼女が清秋であることも主人はもう知っていて、在郷の閨秀画家への興味を隠さなかった。

「お断わりしておきますが、これは売物ではありません、できれば目立たぬように、それでいて黒髪のように艶《つや》らしく装ってあげてくださいまし」

明世は言ってから、絵を運ぶために持ってきた巻軸を広げた。主人は手伝いながら目をいっぱいに見開き、息を殺して身構えている。何が現われるか、と彼も真剣であった。じきにするすると現われたのは、淡彩だが細やかに彩色した娘の絵である。絹布に礬水《どうさ》を引いて滲《にじ》み止めをしたため、色は染めたように落ち着いていて暈《ぼか》しがない。南画に親しんできた男の目がどんな表情を見せるか、明世は主人の顔を見つめた。すると思った通り、彼の顔はたちまち表具師から目利きのそれに変わっていった。

「丁寧？　丁寧というのですね」

ややあって彼は口の中で呟くと、なるほど、なるほど、と繰り返した。

「川に朝靄《あさもや》、そこに娘さんがね……」

「いかがですか」

「目がいいですねえ」

と彼は明世のほうは見ずに答えた。苦心しただけのことはあって、娘の眼差しが観る人の心をとらえるらしい。絵の中の娘のようにうつむいたまま彼はしばらく眺めていたが、不意に思い当たったように膝を叩いた。

「そうか、この絵は仰ぎ見ちゃあ、いけないんですね、娘と同じ気持ちになって自分を見つめるんでしょう」

そう肝斑《しみ》のある顔を上げて言うのへ、明世は思わず両手を握りしめた。正直、経師屋の主人から聞ける言葉とは思っていなかった。

「画題はどうでしょう」

「もっともっと自分を見つめて丁寧に生きろってことと違いますか」

彼は興奮した面持ちで告げると、また娘の表情に見入った。主人の立場も商いも忘れて、低い呻《うめ》き声を発したのはそのあとであった。

画家ではない普通の人に認められて明世はほっとしたが、どうしたのか急に涙が込み上げてきそうであった。南画の枠を飛び出し、無我夢中で描いた絵が理解されたというのに、感情の乱れるわけが分からなかった。喜びとは別の何か得体の知れないものが忍び寄ってきた気がする。主人のほかに人目のないことを幸いに、彼女は湿りかけた目を伏せながら、少しの間、まだ何か言う彼の声に耳をかたむけていた。

絵の中の娘に託したように、自分は丁寧に生きてきただろうかと思った。夢中になれるものは見つけたが、いつも誰かに見張られ、こそこそと生きてきた気がする。絵を描くときも、修理に会うときも、人目を憚り、思い切り羽ばたくことができない。女だから仕方がない、というには長すぎる歳月ではなかろうか。思いがけないときに思いがけない気持ちになるのは、一枚の絵に寄せる他人の理解が身に沁みるからであった。

彼女は気を変えて顔を上げると、まだ絵に見入っている主人へ、表具のほうをよろしくお願いいたします、と言った。

「いやあ、実によいものを拝見しました、長生きはするもんです」

老主人は応えて、せいぜい似合いの裂《きれ》を使わせてもらいます、と晴れ晴れしい顔になった。表装は彼の感性に任せるようになっていたから、明世は余分な注文はつけなかった。黒髪のように艶らしくと言えば、それらしく仕上げてくれる人であった。

「それにしても、こういう絵を表具するのは表具師にとっても幸せというものです、南画とも浮世絵とも違い、何やら娘が身近に感じられて、そこに生きているようです」

主人が話す間、明世もしばらく見られなくなる自分の絵を眺めた。次に会うとき、どんな衣装を着て、どんな顔になっているのかと思い巡らすのは画家の幸福であった。丁寧という画題が人にすんなり伝わったことも不思議なら、いったいどこからそんな画題を引き出してきたものかと自分の気持ちを覗く気がした。

「これは、お茶も差し上げずに失礼を……」

主人の言葉を潮に明世は経師屋を辞して、表通りへ出た。軸装の注文をしに立ち寄るだけのつもりが、いつの間にか半刻近く長居をしていた。石町の通りへ出ると、彼女は行く手に修理がいまいかと探しながら急ぎ足に歩いていった。

堤通りの途中で脇道へ折れると、ゆるい坂道のさきに祠《ほこら》があって、そこが彼らの待ち合わせ場所であった。明世は有休舎へ通っていたころ、しげと寄り道をして一、二度行ったきり、そういう場所があることも忘れていたが、坂道を上るにつれて当時を思い出していった。

「よしましょう、何か出てきそうです」

しげは柄にもなく蒼い顔をして引きとめたが、坂道を上ると境内とも言えない小さな平地があって、木《こ》の間から思ひ川が見下ろせたのである。春か夏のことで、梢を揺らす風が快かった。しげもそこまでくると気をよくして、何が祀《まつ》ってあるのかと古い祠の中を覗いたり、現金に柏手《かしわで》を打ったりした。明世が賽銭《さいせん》を入れようとすると、そのような大金を入れるものではありません、とまた蒼くなったのを覚えている。あのころ、しげが一年の奉公で手にする金を、明世は考えもなく筆や紙に使っていたかもしれない。生まれが違うと言ってしまえばそれまでだが、同じ女子でありながらどうしてそうも違ったのだろうかと思う。

坂道は低い疎林《そりん》の中を曲がって、少しずつ上ってゆく。いまも人が歩くのか、思ったほど荒れてはいないが、しばらく雨の続いたあとで枯葉も土も湿っていた。人目もないので明世は片裾《かたすそ》を摘《つま》んで歩いた。

晴れて陽の射す道は十分に明るく、ぽかぽかとしている。足下に落ちている松や小楢《こなら》の実に気付くと、彼女は懐かしいものでも見るように目を凝らした。

急いだせいで荒くなった息を継ぎながら、彼女は波立つ胸に、ようやく訪れた秋の日に高揚している自分を重ねた。修理が神奈川へ発つ前、川の堤を歩いたのは春であった。そのあと世情はさらに不安になって、人々の暮らしは底へ底へと向かっていった。そんな中で、ともかくも納得のゆく絵を仕上げられたのは幸運であった。彼は神奈川の海を描いたであろうかと思うのも、あれから一向に聞こえてこない他国での暮らしを密かに案じてきたからである。案ずることも会うことも、絵を描くように何の抵抗もなかった。

やがて見えてきた日溜まりが道の行き止まりであった。明世は汗ばんだ顔で立ち止まり、坂の上を見上げた。これから男と過ごす一刻が最も自由で、世間を忘れられるときでもあった。修理はもう来ているだろうかと思いながら、彼女は着物の裾を直し、しゃんとしてから、あと少しの道のりを上っていった。

坂の上には猫の額ほどの空地に祠が見えて、修理はその前に立っていた。じっとしていたらしく羽織の肩に落葉がとまっている。明世が立ち止まると、彼は破顔して歩み寄ってきた。

「道が悪くて難渋したでしょう」

「あと一町で倒れるところでした」

喘《あえ》ぎながら軽口を言う明世を、修理はおかしそうに眺めた。口を衝いて出た言葉が弾む気持ちの表われであった。さりげなく差し出された汗拭きを受け取り、明世は遠慮なく汗を拭った。頰に当てると洗い立ての手拭いからも男の匂いがするのにはっとしながら、ああ、これか、と彼女はゆきずりの男にはないものに触れた気がした。そこには素性の知れた心安さもあれば、絵だけでつながっている危うさもあったが、何よりも心の通う確かさがあって気が休らうらしい。どうしたものかとためらったものの、彼女は濡れた手拭いを返して男の顔を眺めた。

「少し瘦せられましたね」

「ええ、神奈川では扱《こ》き使われましたから」

修理は苦笑しながら、女の足下に目をとめたようであった。古い草《ぞう》履《り》に枯葉がまつわりつくと見窄《みすぼ》らしいだけだが、彼は鼻緒が切れはしまいかと気を遣った。切れたら切れたで諦めのつく、隠しようのない貧しさに明世も苦笑しながら、自分の足下にそそがれた男の注意を祠へ誘った。

「ここにはむかし来たことがありますけど、何が祀られているのかしら」

「第六天《だいろくてん》」

修理は答えて、魔天と言ったほうが分かりやすいかもしれない、と付け加えた。それからゆっくりと向き直って祠から離れた。明世は形だけ参拝して、彼のあとについていった。狭い境内には朽ちかけた低い柵がめぐらしてあり、祠の正面のほうへ歩いてゆくと、いまも木の間から思ひ川が見渡せた。汗が引くと風がひんやりとして高台にいることを知らせた。二人は並んで立ちながら、葉の少なくなった木立の間から川を眺めた。

「帰国したらすぐにでもお会いするつもりでしたが、何やかやと忙しく……」

修理は無沙汰を詫びたが、留守中に起きたことを思えば忙しいのは当然であった。今日もこのあとどこかへゆくのかもしれない。彼は遠い川向こうのあたりを見たまま、久し振りに葦秋夫妻に会ってきたが、有休舎も弟子が減る一方で苦しいようだと話した。

男の言葉に明世は会う度に瘦せてゆく葦秋を思ったが、どうにもならないことであった。手助けをしようにも彼女の立場では米も自由にならない。葦秋と寧の逞しさを信じるしかなかった。

「先生のことですから弱音は吐きませんが、我慢にも限度があります」

修理はうつむいて顔をしかめた。彼の葦秋夫妻への思い入れは格別で、古い門人の中では誰よりも心にかけている。恩に着る質《たち》だから某《なにがし》かの援助もしているはずだが、画家が生業《なりわい》の画業で食べてゆけないとなると好意も焼け石に水に違いなかった。葦秋ほどの画家がそうなのだから、自分など一生習作を描き続けて終わるのだろう、明世は思ったが、それでも描くことは喜びであった。

「葦秋先生はご自分にも世間にも負けないと思います、戦わず自然に身を任せて生きているのかもしれませんし」

「そうだとよいのですが……」

「画家として生きるということは、身分や扶持《ふち》を捨てて自由を得ることでしょう」

自由という言葉に彼は敏感に反応した。

「わたくしは自由を捨てて身分を手にしたわけだ」

「心の自由なら、白紙の上にもありますわ」

「それも人によりけりでしょう、明世どのは絵を描くことで満たされるから」

「息子にも同じことを言われました、母上は絵を描いてさえいれば幸せだ、矢立てと紙を持たせたら幽霊のように消えてしまう」

修理は微かに笑い声を立てた。幽霊の相手をしている自分を想像したのかもしれない。彼が笑うと明世も気が楽になった。男といて逢い引きめいた気持ちにならないわけではないが、町中で同じことをしたら世間が黙っていない。世間は隣人や家族につながり、やがてじわじわと締めつけてくる。それが厭で仕方なく人目のないところで会ってはいても、良心に恥じることはないのである。

「幽霊か、道理で鼻緒が切れてもかまわない」

修理は言って、また微笑した。女とのたわいのない話に気が安まるらしい。明世はふと彼女には見せない、男が勤皇を語る顔を思い浮かべた。

「妙なもので見馴れないものを見ると落ち着きます、狭い城下にもまだ見るものがあると思うからでしょうか、よろしければ神奈川のお話を聞かせてくださいまし、海はどんな色をしてましたか」

彼女は機嫌よく話しながら、そばに魔天のいることも忘れて、男といる確かさに安らいでいた。

「秩父《ちちぶ》の一揆が神奈川の村にも波及し、横浜へ押し出して夷館《えびすやかた》を打ち毀《こわ》すという風説が流れましてね、われわれも大砲まで持ち出して鎮圧にあたりました、沿岸の警固に出向いたはずが、百姓窮民を相手に戦っていたわけです」

修理は淡々と話した。同じころ長州再征がはじまり、瞬く間に幕軍の敗走と長州の進撃が伝わってきた。もともと反対論の多かった再征だけに強行すれば幕軍が苦戦するのは見えていたが、予想を超えた惨敗に驚いたのは当の幕府であった。しかも足下の天領では一揆や打ち毀しが続いた。幕府の権威はかってないほどに失墜し、人心も離反したというのに、国許では佐幕の執政府が生まれて実権を握っている。

「幕命で神奈川へ出兵したわれわれがしたことと言えば、長州に戦を仕掛けた幕府の領地を守ることで、国防ではありません」

彼は帰国すると、朝廷に大政を奉還《ほうかん》するならともかく、いまの幕府にいっときたりとも従う意味はない、と重職たちに訴えたが、追従《ついじゅう》することに馴れ、頂上の崩壊を恐れる彼らは耳を貸そうとしない、と話した。重職で最も現状を理解しているのは杉野監物で、家中四百家の将来のためにも再び彼を立てて藩論を統一するしかないだろう、とも言った。彼がそこまで熱心に政治を語るのははじめてであった。

「むつかしいことは分かりませんが、林一も同じようなことを申しておりました、世の中はわたくしが思うより早く移ろいはじめたようです」

明世はありのままを言った。幕府も幕府なら藩も危ういところにいるらしく、どこにいても安穏に暮らすことは望めないらしい。いつの間にか世の中の調和が崩れて、誰もが袋小路に追いつめられている。そのことに気付かないのは愚かというよりも傲慢な気さえした。世の中が世の中なら、いつ崩れても不思議のない高台に彼らも憩っていた。

「神奈川の海は描けましたか」

彼女は明るい話題をもとめて言った。男が絵のことばかり考えていられないことは分かっていたが、今日はそのために待ち合わせたのであった。

「写生ですが、どうにか二、三枚は……」

修理は小舟の流れてゆく川を眺めながら、その下図をもとにこれから紙本にするつもりだと答えた。果たして、その暇があるかどうか。明世はそのむかし葦秋の手伝いをしながら、昼餉を抜いてどうにか塾に通っていた男を思い合わせた。

あれから修理は休む間もなく走り続けてきたのかもしれない。水の流れる穏やかな景色を眺めながら険しい顔をする男を見ると、暗い予感を覚えて、間近に終わりを見る心地がした。彼女はすぐにその気持ちを振り払った。

「お話からすると、書画会どころではありませんね」

「いや、それとこれとは別です、むしろ、こういうときだからこそやる意味がある、人間はどんなときでも衣食のみでは生きてゆけないものでしょう、売れても売れなくてもかまわないのです」

そもそも自分の絵が売れるなどとは思っていないし、絵を観て何か思う人がいてくれたならそれでいい、と修理は語った。明世は胸の中でうなずきながら、じっと男の顔を見ていた。勤皇派の家中としての顔を覗かせたものの、男は彼女といるとき、やはり葦秋の弟子であった。そこに墨の匂いがすれば、男も女も絵を思い浮かべる。並んで川を見るのはむかしの癖で、有休舎へ通ったころと変わらないのだった。

「しかし、あなたや平吉の絵は売れてほしい、見飽きることのない繊細で冴えた情景や、緻密な線が生み出す長閑《のど》けさを分かる人がいないのは淋しいですから」

「それなら修理さまの絵にもございます、葱の絵には命の輝きがございましたし、何か問いかけてくるものを感じます」

「それは困った」

彼は平然として、あの絵は捨ててしまったと打ち明けた。未練の湧かないものは眺めることもないから残さないという。明世もあるとき思い限ってまとめて捨てたことがあるが、人が絵を捨てたと聞くのは身を切られるような辛さであった。捨てるくらいなら、どうしてくれないのかと恨めしく思った。

「ところで新しい絵はできましたか」

彼も気まずく思うのか、明世に向けて顔をほころばせた。絵も政治も人との関りも突きつめてゆくから、憂いが絶えない。暗い物思いの途切れた瞬間、彼は解放されて優しい目をする。明世が寧を若くした娘を描いて「丁寧」と題したことを告げると、それはいい、と手放しに喜んだ。絵も見ないうちから、娘の想いが見えるようだと言うのを明世は微笑みながら聞いていたが、心の中では男の影響がなければその絵は生まれなかっただろうと思っていた。

できることなら秋の暮れないうちに書画会を開いて、新しい絵を世に問いたい。修理と平吉もそこからさらに踏み出すだろう。葦秋の門人が葦秋の名を借りずに人を集めるのはむずかしいが、少しでも世に認められれば有休舎のためにもなるはずであった。

彼女は男の顔を見上げて、

「何かわたくしにできることはありませんか」

と訊いてみたが、修理は静かに首を振った。書画会の準備は平吉と二人で間に合う、ああ見えて平吉はよく働いてくれるから、と言われた。

「ですが、わたくしひとり、のんびりとしているわけにもまいりません」

「あなたには家政があります、姑御《しゅうとご》の世話もあるでしょうし、若い当主の面倒も見なければならない、それだけでも忙しいでしょう」

修理は馬島家のようすを知っていて、畑にも出るそうですね、と語りかけた。男にゆとりのない日常を知られるのは面映《おもはゆ》いが、上士の妻のように平穏無事でないことは確かであった。彼の言葉に明世は半分はほっとしていた。相手が微禄の家の部屋住みだった男だからか、見栄を張らずにすむのは気が楽であった。

「書画会は十月十日、五十川で開きます」

彼はそう告げると、自分を内側から鼓舞するような短い吐息をついた。絵はすでに頭の中にできているのだろう。どんな海になるのかしら、と明世は彼の新作に出会う楽しみを思った。

「あれから二十余年が過ぎて、ようやく夢が叶うのですね」

お互いに縁のなかった歳月に比べて秋の午後は短く、日が陰るともう夕暮れかと見紛《みまが》う。しばらくして彼らは境内から坂道を下りていった。思ったほど体が冷えることもなく、鼻緒も持ちそうであったが、道は湿って歩きづらい。片裾を摘んで男についてゆくうち落葉の下の赤土に滑ると、修理は咄嗟《とっさ》に手を摑《つか》んで支えてくれた。

「気をつけて」
そう言ったきり、彼は無言で歩いた。大きな手は明世の手を放さず、彼女も男のするままに任せた。足下に気をとられて見過ごしたのか、堤通りへ出たときには日は川向こうの空に落ちかけていた。川は暮れると、微かに饐《す》えた匂いがする。立ち止まって男が時刻をはかる間、彼女は堤の向こう側に流れる川の暗さを思い浮かべた。そのうち不意に男の手から力が抜けて、静かに離れようとするのを、彼女は無意識に引きとめていた。

その年の秋は暦の通りに暮れて、十月に入るやまるで冬の訪れを触れ回るような冷え込みようであった。空も川も薄暗く沈んで、色褪せた城下は寒風にさらされる日が続いた。天神町の畑にはめぼしい作物が見えなくなって、いまは掘り返した土が風に吹かれている。明世は秋のうちに大根を蒔いていたが、播種《はしゅ》が遅れた分だけ収穫もしばらくさきになるはずであった。

冬の陽は照り続けても頼りなく、作物は地上に葉を広げるよりも土の中で膨《ふく》らむらしい。世の中も似たようなもので、目に付くところに変化は見られないが、林一のようすを見る限り、水面下での攻防は急速にすすんでいるらしかった。このところ彼が一日の役目を終えて下城してから帰宅するまで、どこで何をしているのか親の明世にすら分からない。夜は勤皇派の会合に出ているらしく、帰宅は遅いままだが、彼の口から幕府や執政の批判を聞くことはなくなっていた。それだけ林一が慎重になったとも言えるし、何かしら事態が差し迫っていると も考えられた。

突然の将軍の死から一月余りが過ぎた九月の初旬になって、幕府は長州と休戦協定を結び、実質的な敗北を認めた。世の中には平穏が戻るかに見えたが、窮民は増え続ける一方で、人々の暮らしに光は見えてこない。そんなときに書画会を開くのは、無謀なうえに身勝手と思われかねない。だが、明世も修理も平吉も一度開かずにはいられないところまで情熱を傾けていたから、是が非でも突きすすむしかなかったのである。

果たして、その騒ぎは痛風の悪化と風邪で寝込んでいるそでを呆れさせた。打ち合わせや絵の搬入のために平吉が頻繁に訪ねてくると、彼女は襖の間から怪訝な顔を覗かせながら、平吉が挨拶をしても無視した。そのくせ彼のことを覚えて、蒔絵師が商売替えをするのか、と皮肉を言った。

「平吉さんは腕のいい蒔絵師ですが、南画を描かせても一流の人です」

「本当にそうなら弟子のひとりや二人、いるだろうに……」

平吉のほかに手伝いのいないことを、そでは見抜いて棘《とげ》のある言い方をした。明世が書画会に加わることも本当は不満なのだろう。嫁がいなければ一日を暮らせない体になってから、不満の半分を口にし、半分は胸に畳むようになったが、言葉の棘は健在であった。以前の彼女なら、棘は倍の太さでまっすぐに吐き出されていただろう。

物事にけじめがなくなり明日のことも知れないときに、売れるかどうかも分からない絵に夢中になって家を留守にする。その間、病人は手水《ちょうず》を我慢し、まだかまだかと待つことになる。粗末な家に取り残されて、かたかたと雨戸を揺らす風の音に怯える老女の不安が分からないわけではないが、明世にもいましかできないことがあって、これだけは譲れない。姑と嫁、親と子の間にも人生の区別があって然るべきだと思う。これまでにも幾度となく彼女は譲ってきたし、たった一日の強情を薄情だと言われたくもない。その遥か以前に結婚と夫の死という人生の節目で彼女は譲歩し、膨大なときを馬島のために費やしてきたのである。人に振り回されるのはもうたくさんであった。幕府が長州に敗れて暮らしも男たちも落ち着かないからといって、女子が絵を描いて悪いことはないし、明日は見事に描けるかもしれない一枚の絵に情熱をそそいで何が悪いだろう。

一昨日《おととい》、弟の帰一から使いがあって白壁町の実家へ出かけたときも、明世は書画会のことだろうと察していたから、気を緩めなかった。末高の家には家そのものに風格があり、そこにいるだけで他人を萎縮させる空気がある。広い屋敷のわりに飾りも塵もない座敷や、足袋《たび》の擦《す》れない黒光りする廊下がそうであった。

「この十日に、肴町の料理屋で書画会を催すそうですね」

帰一は噂を聞いていて、そう切り出した。神奈川から帰国して間もなく、中間《ちゅうげん》に土産を持たせて無事を知らせてきたが、会うのは久し振りであった。林一や修理が勤皇派で帰一が保守派らしいということも、明世をしばらく実家から遠ざけていた。思想と血の繋がりは別としても、まだ一人前とは言えない息子のために敏感になっていた。

彼女は春にもらった米の礼を言い、絵が売れたら少しは返せるかもしれない、と話を紛らした。

「光岡修理も絵を出すと聞きましたが……」

「それが何か」

「光岡がどういう人物かご存じですか」

帰一は落ち着いた表情で姉の顔色を見ている。明世は怪しげな匂いを感じて、とぼけた。

「わたくしとは有休舎の同門です、もとは小川家の次男で、いまは御蔵奉行さま、絵と冗談が好きで、絵のほうは一流です」

もっとも、そのときはまだ帰一が書画会の中止を言い出すとは思っていなかった。

「それだけですか」

と彼は明世を見つめながら、光岡は勤皇派の急先鋒《せんぽう》で問題の多い男だと話した。重職の前で堂々と幕府を批判し、大政奉還を口にする。蔵奉行としては有能なものの、一家臣としては傲慢で分をわきまえない。執政は勤皇派の意見を無視してはいないが、これ以上野放しにもしないだろう。弟の言葉に明世は寒風に吹かれる修理の顔を思い浮かべた。男の抱えている苦悩や時代の波が見えてくるようであった。

帰一の気がかりが姉と勤皇派の関りにあることは、それではっきりとした。弟は日和見だからと思いながら、彼女は黙っていた。保守派と勤皇派の、どちらが正しいのかは分からない。女子で分かる人はいないだろう。父親であれ夫であれ、男に仕え、たとえ理不尽なことでも従うように教えられてきた女に一国の大事を判断できるわけがない。それではいけないと思うものの、修理と林一を信じるしかないのだった。しかし、それと書画会は別の話で、帰一よりも彼女の知る世界である。これだけは譲れない、と思った。

「あなたも一度、光岡さまの絵をご覧になってはいかがですか、父上ならそれくらいのことはなさるでしょう」

その言葉に帰一は目をむいて、末高のために書画会を中止してほしいと迫った。

「それが無理なら、せめて姉上が関るのはやめていただきたい」

「いまさらそのように言われても承知しかねます」

「なぜ事前に相談してくださらなかったのです」

「描きためた絵を人に売る、それだけのことです、あなたに相談しなければならないことですか」

明世はきっぱりと言った。帰一は姉の強情に驚き、呆れたようであるる。そのあと母のいせに挨拶をして末高を辞したが、まきと子供は出かけているのか挨拶にも現われなかった。かわりにしげが門まで見送りにきて、

「奥さまは書画会にはゆけませんが、わたくしに半日暇をやるから、好きな絵を一枚もとめてくるようにと仰せです」

そういせの気持ちを伝えた。母は許している、と明世は思った。一方で肉親の情と戦い、一方で慰められる気がした。修理や平吉を覚えているしげは、自身の思い出を重ねて書画会を楽しみにしているようであった。

「お気遣いはご無用です、そう母に伝えてください」

明世が言うと、しげは一瞬哀しそうな顔をした。長いこと末高に仕えてきて、いせはもうひとりの母親のようなものであったから、気持ちは手に取るように分かるのだろう。奥さまはできることならご自分で書画会へゆき、お嬢さまの絵をすべて買いたいのですと言った。明世は我にもなくうろたえてしまい、取り乱す前に帰ってきた。気忙《きぜわ》しさの中で始末のむずかしい肉親の情に苛《さいな》まれた。

書画会の当日は朝から曇りがちで、雨にならなければよいがと思ううちに風が出て小雨模様となった。雨は時雨《しぐれ》らしく、ぱらぱらと降ってはやみ、やむかと思うとまた降りはじめ、七ツ（午後四時頃）近くになってようやく通り過ぎていった。明世は昼過ぎには会場となる「五十川」へゆき、平吉と準備をはじめていたが、修理が四、五本の巻軸を抱えて現われたのは八ツ（午後二時頃）過ぎであった。

「遅くなってすまん」

彼は平吉に巻軸を渡して、明世には息を継ぎながら目礼した。その目の明るさに、納得のゆく絵が描けたことを明世は悟った。平吉はさっそく巻軸を広間に運んで壁に掛けていった。

修理の絵を入れて六十点ほどの軸物は、襖を取り払った三間続きの広間に展示すると、まずまずの眺めであった。残りの座敷はすべて来客のための酒食の場である。明世は掛けられたばかりの修理の絵に目を凝らした。うち三点が神奈川の海で、残りは川の絵である。いずれも小舟が焦点になっていて、水を主題にしたらしい。海は天候によって表情の変わるさまを、川は春と秋の思ひ川であった。川の絵の一方には小舟に乗った女が描《えが》かれていて、ほつれ髪が風に吹かれている。明世はすぐにその女が自分であることに気付いて、歓喜と恥じらいを味わった。振り返ると修理は平然と笑みを浮かべて立っていて、あと少し近くにいたなら胸の動悸が聞こえてしまいそうであった。そのくせ彼女は絵に目を戻すと、じっと見入った。

「どれもいい絵ですね、真景ならではの実感と格調があります」

平吉はそう言った。川舟の女に気付いたかどうか、そのことにはひとことも触れなかった。彼に促されて修理がざっと会場を見て回る間、明世は川の上で男と過ごしたときを確かめるような思いで、その絵を眺めていた。

書画会のはじまり、やみかけた小雨の中をまっさきに訪れたのは意外な人であった。身なりを調えた葦秋夫妻に、明世はもちろん修理も平吉も驚かされて、半ば夢心地に応対した。実家に気兼ねして書画会に参加しない葦秋が堂々と来てくれるとは思わぬことであった。冬を迎えて暮らし向きも厳しさを増したのだろう、葦秋は頬骨が目立つほど痩せてしまい顔色もよくなかったが、付き添う寧の麗《うるわ》しい姿に救われる気がした。

「おめでとう、見せてもらうよ」

まだ客のいない広間に立つと、彼は端から眺めていった。ひとつひとつ凝視のときは短いものの、的確に真価を見極めてゆく。観照《かんしょう》の邪魔にならないように寧はつつましく離れて続いた。言葉がないのは無言の批判だろうかと思いながら、明世は修理とともに彼らの背後に立っていた。平吉は座敷の支度を言い付けに言ったのか、いつの間にかその場を外していた。

やがて葦秋は「丁寧」と題した明世の絵の前で立ち止まると、よくここまで仕上げたね、と口を開いた。彩色した絵は水墨画の中でひときわ目立っていたが、それ以上に南画の枠から外れて異端であった。

彼はそのことを少しも批判せず、弟子が自分の教えない未知の領域に踏み出したことを快く認めた。風変わりな画題や大胆な彩色についても、いろいろな意味で新しく、しかも深い絵だと、むしろ好意的であった。

「何より、この娘と同じ視線で見つめられるのがいい、同じ川の堤に屈《かが》み、しみじみと明日を思う気持ちにさせられる」

師の温かい言葉を明世は素直な気持ちで受けとめた。この絵は仰ぎ見ちゃあ、いけないんですね、と言った経師屋の言葉と思い合わせたが、葦秋の口から聞くと、画家として認められた清秋というもうひとりの自分の現われる気がした。

彼女は身をずらして、絵の娘は寧を思い浮かべて描いたことを本人に知らせた。すると寧は小さく口を開けて、それで丁寧というのですか、と小声で訊ねた。目がきらきらとして、普段の苦労を忘れた顔であった。些細なことにも振り回される明世には浮世離れした顔に見えたが、

「寧さまのように、強く丁寧に生きてほしいと思いまして……」

彼女は答えながら、寧がいれば葦秋は大丈夫だと安心もし、改めて釣り合いのとれた夫婦というものに人の幸福を見る思いがした。

僅かな間にすべての絵を見終わると、葦秋は簡潔な感想を残して、寧とともに帰っていった。平吉が座敷と料理を用意し、修理も体を温めてゆくようにすすめたが、賑やかにならないうちに退散するのが彼らの目的のようであった。二人とも座らず、茶も飲まなかった。

葦秋は平吉の絵に対して、緻密さに感情の流れが生まれたと言い、

修理には帰りしなに、

「美人画がいいね、もっと人を描くといい」

と言った。

「それだけですか」

修理はわざと不満な顔をしたが、すぐに笑顔になって通りまで送っていった。葦秋の前では少年のようになる男も、勤皇派の急先鋒と言われる男も、同じ人であった。店先から葦秋は振り向いて明世と平吉を眺め、そのあとよろけた姿を明世は目にした。絵を観るときは夫から離れていた寧が恥じらいもなく手をとり、そのまま葦秋と去ってゆくのを、彼女は溜息をつきながら見送った。

ぽつぽつと客が来はじめたのは、それからしばらくしてからであった。書画会の開始は七ッと知らせていたが、商人の中には「五十川」の料理が目当ての客もいて、時分どきを見計らったのだろう。夕暮れが近付くにつれて座敷も客で埋まっていった。客が所望した絵は座敷へ運ばれて床の間にも掛けられたが、どの客も無名の画家に対して慎重のようであった。

それでも六ッ（午後六時）ごろから、徐々に客の付け値で売れはじめると、不思議なことに競《せ》り買いがはじまり、みるみる半数ほどが売れたのである。およそ半刻の間に修理の絵はなくなり、平吉の絵も半分は買い手がついたが、明世のものはなぜか敬遠されてしまった。客は南画らしい南画に値打ちを見出すらしく、最もそれに近い平吉の絵が人気で、修理のものは美しい情景と点数の少なさが幸いし、明世のものは数点が売れたのみであった。自信作の「丁寧」も、珍しさから眺めるものの、買おうという人は現われなかった。けれども彼女の心は満たされていた。

書画会という大きな一歩を踏み出したこと、数点であれ自分の絵をもとめる人のいること、そして売れない「丁寧」を見つめる人の多かったことに、道の険しさは変わらないが、遠くに灯る明かりを見る思いがしたのである。人の去った広間で売れ残った絵を眺めながら、彼女は落胆するどころか胸を膨らませていた。

店の座敷が埋まっただけでも、書画会は成功したと言っていいだろう。大方売れ行きが決まって潮が引いたあとも、彼らは客の応対に追われて茶を飲む暇もなかった。そのうち不意に夜の静けさに気付くと、もう五ツ（午後八時頃）近くであった。

末高の下僕を伴い、しげが現われたのは書画会も終わるころで、気が付くと彼女は人のいない広間に立って明世の絵を眺めていた。

「来てくれたのですね」

声をかけると、しげは小さくうなずき、おめでとうございます、と改まって挨拶した。明世は静かな広間を見回しながら、葦秋夫妻が来てくれたことや、その日はじめて味わった喜びを話した。

「それはよろしうございました」

しげは売れ残った絵の数から、明世が気落ちしているのではないかと案じていたようである。明世の意外な明るさを映して、ほっとした表情をした。それからおもむろに「丁寧」の前まで歩いていって、この絵をいただけますかと訊ねた。

「何やら、むかしの自分を見るようです、こんな美人ではありませんけど、わたくしにもこうして川を眺めた覚えがございます」

「そうでしたね……」

「絵のことは分かりませんが、一目見て心を惹かれました、この絵なら奥さまもきっと喜ばれます」

しげは言ってから、いせから預かってきたという絵の代金をよこした。掌に触れたのは薄い紙包みだが、中身は小判のようであった。

「多いのか少ないのか、分かりませんが……」

しげはいせに代わって言ったが、むろん過分であった。明世はためらったものの、母の気持ちを思うと返すこともできなかった。彼女は絵を巻いて桐箱に納めると、どこか座敷が空いているだろうから何か食べてゆくようにとすすめたが、しげは奥さまがお待ちですから、と辞退した。

「母の気持ちは嬉しいのですけど、末高にはこの絵を飾る場所がありませんね、帰一が見たら厭な思いをするでしょうし」

「奥さまはご自分の部屋に飾ると申されております、旦那さまは滅多に見えませんから」

しげの伝える言葉に、明世は母の悔いと意地を感じた。その手で画業を諦めさせた娘の絵を眺め暮らすのはどんな気持ちだろうか。案外顔をほころばすのかもしれないとも思ったが、見るのがつらくなる日が来ないとは限らないだろう。

しげを見送って広間へ戻ると、修理と平吉が後片付けをはじめていた。絵は明世のものが多いので男たちの手を煩わすのは気が咎めたが、そうして片付けるのも名残惜しい気持ちだった。あわただしさの中にも充足があって、興奮がまだその身を包んでいる。不思議なことに売れ残った絵が前よりも愛おしく感じられて、壁から外し、巻き返す手には情が籠った。

彼女は巻軸を桐箱へ仕舞いながら、いつかまた書画会を開く日を思った。そのときは葦秋の新作とともに師弟の絵を並べてみたい。実現すれば葦秋もどんなにか喜ぶだろう。するともう次の目標がくっきりと見えてきた気がするのだった。

しばらくして平吉が「丁寧」のないことに気付いて、どうしましたかと訊くので、明世は少し前に売れたと話した。実家に引き取られたことはつい言いそびれたが、しげが残っていた絵の中から選んだことには違いなかった。

あの絵が売れないはずがありません、と我がことのように喜ぶ平吉へ、

「早く一杯やろうじゃないか」

修理が言い、彼らは小部屋で談笑する楽しみを思い浮かべた。幸福な一日の終わりに、もうひとつの幸福が待つのは、明世にとってまれなことであった。修理も平吉も、今日という日を心に留めずにはいられないだろう。

客の減った「五十川」は落ち着いて、ときおりどこかの座敷から洩

れてくる笑い声の聞こえる静けさであった。彼らは去年の秋に再会した奥の座敷で、ささやかな祝宴を開いた。冬の膳は体を温めるものが多く、焼いた塩鱈《しおだら》や巻繊汁《けんちんじる》を肴に男たちは熱燗《あつかん》をすすった。明世は酒の味を知らなかったが、すすめられてひとくちだけ含むと、紅潮したそばから気分がほぐれてゆくのが分かった。

「できれば年に一度は集まり、語り合いたい、こうして平吉と飲む酒が一番うまいからな」

酒がすすむと、修理は陽気になって少年のころのように話が弾んだ。平吉は酒に飲まれることがなく、ただ楽しそうにしている。心地よい疲れと書画会の余韻を誰もが味わっていた。

「また書画会が開けたら、どんなに張り合いのあることでしょう」

明世も胸のうちを語った。男たちといて気が楽なのは本心を言えるからであった。修理の陽気さに気のゆるみを覚えながら、彼女は冬の夜の更けてゆくのをすっかり忘れていた。

人と無条件に喜びを分かち合える夜は別世界のことに思われ、一夜明けると、朝から気が抜けてぼんやりとした。家事と姑の看病に追われる日常に戻ると、現実が充実感を隅へ追いやってゆく。気持ちは次の絵に向かっているのに、自由にならない一日に諦めがつきまとった。台所の片隅に立ち、画材を眺めては、今日は打ち込めない、と筆もとらずじまいであった。ぶらぶらと過ごした挙げ句、変えようのない現実に苛立つことになった。

暗い行き詰まりを見たのは、その夜のことであった。いつものように戸締まりをして茶の間で繕いものをしながら林一を待っていると、荒々しく表戸を叩く音が聞こえてきた。林一の短い声に彼女は胸騒ぎを覚えて立っていった。

「戸を閉めて、さらしと酒を出してください」

表戸を開けるのと同時に飛び込んできた彼は、そう早口に指図した。きっと見開いた目が充血し、顔は青ざめている。明世は言われた通りにした。急いで酒とさらしを用意したときには、林一は茶の間に大刀を放り出して片肌脱ぎになっていた。左の二の腕が鮮血に染まり、押えている手も血に塗《まみ》れている。

「保守派の仕業です、汚い真似をする」

と彼は血の気の失せた顔を怒らせて断言した。明世は自分も青ざめているにもかかわらず、手際よく手当てした。そでが何か喚《わめ》いていたが、かまっている暇はなかった。出血から想像したほど傷は深くなかったものの、口を開けた肉が薄気味悪い。手当てを終えてから、彼女は血だらけの座敷に気付いた。

「それにしても、よく……」

「光岡さまがいなければ死んでいたでしょう」

明世は見開いた目で林一を見つめた。よく殺されずに帰ってきたと思う一方で、狙われたのは修理ではないのかと思った。

「そうかもしれません、散会したあと、光岡さまの近くを歩いているところを襲われました」

「それで光岡さまは？」

そう訊いたとき玄関のほうから物音がして、林一があわてて立とうとするのを明世は制した。

「おばあさまを頼みます、脇差をください」

奪うようにして刀を握ると、彼女は鯉口《こいぐち》を切って玄関に向かった。誰であろうと押し入ってきたなら、林一のために刺し殺すつもりであった。

「どなたさまですか」

「光岡です、ご子息は戻られましたか」

男の声にほっとして、はいと答えたが、

「戸を開けてはなりません、たとえ親でもです」

外から修理が言い、そのあとすぐに走り去る気配がした。昨日と今日の落差に戸惑いながら遠ざかる足音を確かめると、明世はその場に座り込んで太息《ふといき》をついた。そのときになって血塗れの手がぶるぶると震えた。思い違いでなければ、修理は林一の安否を確かめにきたというより自身の無事を伝えにきたようであった。

血だらけの座敷に家の終わりを見たのか、その夜を境にそではようすがおかしくなっていった。あれほど執着していた林左衛門への悪態も皮肉も減って、満足に口もきかない。

「ああ、ああ」

と茶の間へ這い出してきたあと、惚《ほう》けたように呻いたのを明世は聞いている。あれが最後の呻吟《しんぎん》の声ではなかったろうか。

「落ち着いて、たいした傷ではございません」

錯乱した祖母を宥《なだ》めながら、林一も死の淵を覗いた恐怖と戦っていたようである。今夜はもう大丈夫でしょう、と言いながら、眠らずに頬を引きつらせていた。夜が明けるまで彼らはひとつ部屋で気を張りつめて過ごした。そのときから、そでは老いた猫のように寡黙になっていった。まるで自身の死期を悟ることが、残された世過ぎのようであった。

一夜のうちに数名の家中が斬られ、一人が死亡したというのに、大目付が形ばかりの詮議をはじめたのは二日後のことであった。その後も詮議は一向にすすまず、結果として保守派には何の咎めもなく年が明けると、事実上、詮議は打ち切られてしまった。城下は無事に慶応三年の春を迎えたものの、家中は疑心と義心に煩わされている。主義主張の違いから家中同士が斬り合いをするほど浅はかなこともないと分かっていながら、お互いに主張を曲げるわけにはゆかないようであった。

徳川家茂の死後空席となっていた将軍職に、徳川の本家を継いだ一《ひとつ》橋《ばし》慶喜《よしのぶ》が十二月になって就任し、藩内の保守派を安堵させたが、勤皇派の杉野監物は、すでに長州や薩摩は倒幕を考えているはずだから慶喜の将軍就任が幕府の復権につながることはない、と言い切っている。大政奉還か武力による討幕か、どちらへ転んでも藩が生き残るには朝廷につくしかないという考え方であった。

林一はあれからさらに一途になって勤皇派の会合に出ている。命の遣《や》り取りを経験しながら、立ち向かわずにはいられないらしい。それが彼の情熱であったが、今日は生きて帰るだろうかと、明世は同じ心配を繰り返すうちにやつれていった。

一日の終わりに林一の顔を見るとほっとし、翌朝送り出すときにはまた胸騒ぎを覚える。修羅場は夢にも現われるし、おびただしい血の匂いも忘れられない。一日に終わりがあるから気持ちを切り替えられるが、夜も日もなければどうなることかと思う。まだ十六にしかならない息子の力を信じ切ってはいけないと思いながら、女にはどうすることもできない。世の中が治まる前に家の終わりがきたら、どうして生きてゆこう。ふと考え込むことがあっても、先のことなど何ひとつ見えなかった。

揺れる胸のうちをさらしてみたいと思うのに、修理からは何も言ってこなかった。無口なそでと二人きりの一日は長いが、日は思いのほか早く過ぎて、三月になると明世はたまりかねて葦秋を訪ねた。一日を暮らすことに追われて見せるような絵はできていなかったが、彼なら修理の近況を知っているのではないかと思ったのである。

「わたしも、しばらく会っていない」

痩せて疲れの見える客を居間へ招じ入れて、彼は哀れむような目で眺めた。画室には弟子のひとりがいたが、そばを明世が通るのもかまわず、まだ稚拙な絵を見つめて考え込んでいる。居間へ通るのははじめてだったが、どこに何があるのか目に入らない。縁側から射し込む午後の陽に暗い能面のような顔をかざして、二人はお互いを眺めた。春の長閑《のど》けさが却って互いを痛々しく見せて、目の遣り場に困るのは同じであった。

「光岡もいろいろと忙しいのだろう」

と思い当たることも変わらない。白湯を運んできた寧が挨拶をして下がると、明世は目で追いながら彼女もやつれているのに胸を衝かれた。彼らにも抱え切れない苦労があるのだった。

「修理さまには息子までがお世話になっております、このうえご面倒をかけたくはございませんが、このままでは林一も修理さまも、いつか大変なことになるのではないかと心配でなりません」

明世は気を取り直して話した。息子の命を助けてくれた友人、という世間への口実ができたものの、修理とは暮れに会ったきりで、以来ときおり林一の口からその名を聞くほかは何も分からなかった。書画会が終わると平吉が言伝《ことづて》を運んでくることもなくなり、連絡はぷっつりと途絶えてしまった。鷹匠町の屋敷へ訪ねるには相応の理由も勇気もいるし、それこそ迷惑をかけることになりかねないだろう。

すがる思いで訪ねてきたにもかかわらず、言葉が途切れてしまうと、葦秋は目を上げて明世を見た。目頭から鼻梁の脇にかけて、薄い肝斑《しみ》のような翳《かげ》りが見えている。

「その後、何か修理さまからお聞きになっておられませんか」

明世は途切れ途切れに言いながら、葦秋の眼差しにいつもの生気がないことに気付いて目を伏せた。自分よりもよほど長い一日を重ねてきたのかと思ううちに、いや、と低い声を聞くと、望みを絶たれるようで気が滅入った。

「いったい、これから世の中はどうなるのでしょうか」

「……」

「林一は冬に腕を斬られてから目付きが変わりました、もしもまた襲われたなら、今度は命をかけて斬り結ぶでしょう」

黙っている葦秋へ、彼女は正直な気持ちを投げかけた。彼と修理のほかにそんなことを言える相手はいないし、葦秋の考えも聞きたかった。

「わたしも光岡には随分助けてもらっている」

と彼は感情を押し殺して話した。

「しかし、いまの光岡は自分の身を守るだけで手一杯だろう、あまり期待してはいけない、男には家のこともあるのだから」

「家のこと?」

明世ははっとして繰り返した。それはそうだと思うが、それまで修理の家庭のことを突きつめて考えたことはなかった。彼も深くは話さなかったし、明世も聞きたいとは思わなくなっていた。葦秋の言い方にはしかし、何か含みがあって、それが彼女をうろたえさせた。

彼は明世を見ると、痩せたね、と呟いた。優しい眼差しにも修理との仲を危ぶむ思いが漂っている。吐息のあと、彼は光岡家に三人目の子が生まれたと告げた。生まれたのは年が明けてからで、やはり女子だという。何の不思議もない事実に、明世は打ちのめされて目の前が暗くなる気がした。

「女子がやつれるのを見るのはつらいものだ、絵にも描きたくはない」

「憂鬱な日は憂鬱を描け、とおっしゃいました」

「自分の憂鬱をね、人の不幸を描いてもはじまらない」

「急に御邪魔したうえ、ご心配をおかけしました」

明世は言ったが、来たときよりも苦しみがひとつ増えただけのように思われた。笑みをつくり、言葉少なに辞してくるのが精一杯であった。

家へ帰り、待っていたそでを見ると、身動きのとれない水の底へ引きずり込まれるようで、息苦しさに胸がつかえた。彼女はすぐに厠へ連れていったが、余計な口はきかなかった。そでは用を足して寝床へ戻るや寝てしまい、明世が台所で夕餉の支度をして戻ったときには魘《うな》されていた。

「どうなされました」

枕元に膝をつき、肩をさすってみるが、そでは目覚めそうにもない。明世は手をとめて、しばらくその顔に見入った。眠ると見馴れているはずの顔が縮んだように見えて、瞼にも皺があるのが分かる。苦しげに寄せた眉は粗く、口は薄く開いている。心から安らぐことがあるのだろうかと疑わずにはいられない、険阻《けんそ》な表情を見るうち、明世はそう遠くない日の自分を見るように恐ろしくなった。

眠りたくはないのに寝てばかりいる老女の苦しみと、落ち着いて眠ることもできない自分の苦しみが、不思議と重なり合って見えたのである。息子が斬られはしまいかと案じながら、修理に子が生まれたと聞いて落胆する矛盾を、彼女は何もできない苦しみと同じではないかと思った。

修理にも家庭のあることを忘れていたわけではないが、いきなり冷たい刃を突きつけられた気分だった。男にも守らなければならない家族がいるのだし、このまま離れてゆくのも仕方がない、と諦める気持ちになれない。もともとどうにもならない間柄であるのに、会えないつらさに苦しむのは馬鹿げている。そう思いながら、袋小路に追いつめられた気がした。息子の身を案ずる母親の気持ちと女としての気持ちが交錯し、ひとりで空回りしているらしい。

（どうすればいいの……）

彼女は努めて冷静になろうとしたが、夕暮れの翳りの見える茶の間に腰を下ろし、いつか当てもなく生きる日を思うと寒気がした。修理ならどんなときでも優しく追い立ててくれるに違いないと思うが、男を頼るのは筋違いであった。仮に逢瀬を重ねて何が変わるだろうか。三月に一度、年に一度でも会えたら、生きてゆく支えになるだろうかと思いながら、相手にも覚悟のいることを勝手に思い巡らす自分に意地汚さを覚えた。

「あまり期待してはいけない、男には家のこともあるのだから」

あれは、身を引け、ということかと思った。思いがけない感情の乱れに耐えようとすればするほど、その日一日、葦秋の声が頭を離れなかった。

それでも夜になって林一が帰ると、明世はほっとして笑みを取り戻した。林一の無事は修理の無事でもある。帰るべき人を待つのも、帰らない人の無事を祈るのも、女子の気持ちに変わりはないのだった。林一は少し酒の入った顔を向けて、何か食べさせてほしいと言い、彼女は母親の顔に戻って台所へ立っていった。

「いつもいつも、遅くなりすみません」

茶漬けを流し込んだ彼は、今日は光岡さまにお会いしたと珍しくすすんで話した。

「冬の出来事以来、よく声をかけてくださるようになり、母上のことも訊かれます、ご無沙汰しているが達者にしておられるか、とか、いまはどんな絵を描いているだろうか、とか、今日も会合のあと立ち話をしました」

人心地がついたのか、林一の和らいだ表情を見るのは久し振りであった。彼が話すと家の空気が軽くなって気が休まる。そのうえ修理の名前を聞くと、明世の気持ちは一気に明るくなった。

「光岡さまはお元気ですか」

彼女は弾む気持ちを声にした。その瞬間、葦秋の言葉は脳裡《のうり》から離れて、かわりに修理の姿が浮かんできた。

「光岡さまこそ、お忙しくて絵を描くどころではないでしょう」

「それが、暇を見つけては描いているそうです」

男の逞しさを聞くと、明世は身辺のことに振り回されるばかりで、ろくに筆をとらない自分を恥じた。落ち着かない気持ちのせいにして、男のことも絵も中途のままであった。林一の口を通して励まされたように思っていたとき、しかし同じ口から意外なことを聞いて驚かされた。

「絵ができると、いまでも葦秋先生に見てもらうそうです」

「先生に？」

「幾つになっても自分は有休舎の門人だと……」

明世は微笑みながら、それはおかしい、と思った。葦秋はしばらく会っていないと言ったし、ようすを知っている素振りも見せなかった。どういうことかと考えたが、林一に訊くわけにもゆかない。彼女は故意に微笑みながら、またぞろ沈んでゆく自分を隠した。

「光岡さまと母上はどこか似ている」

林一の呟きには思い当たることがあったが、明世は応えずに、悪い夢を二度見たような気分で彼が話すのを眺めていた。

一年の小姓組見習いを経て、その春、大小姓《おおごしよう》となった林一は、体が一回り膨らみ、物言いも落ち着きはじめている。腕を斬られてから鋭くなった目付きは別にして、人間は穏やかなほうだろう。

「こう申しては何ですが、お二人とも絵のことだけを考えて暮らすのがお幸せそうです、ふとご夫婦になっていたらと思うことがあります」

「馬鹿なことを……」

彼女には心底から笑い切れない話だった。林一は修理に父親の幻影を見ているのかもしれず、心なしか優しい目をしている。

「あなたの歳のころ、光圀さまは微禄の家の部屋住みでした、絵は生きる望みだったでしょうし」

彼女は言い、あったかもしれない男との行き違いを惜しんだ。いまごろ男を思うのも、意に反した生き方をしてきた女の業《ごう》としかいえない。

その夜のことが気になりながら、何もできずに数日が過ぎた日の午後、何の前触れもなく小者が訪ねてきて、ほかでもない修理の言伝を伝えた。

「ただいま寺裏の蔵地にいるので、よろしければお越し願いたいとの仰せでございます」

「その蔵地に？」

明世は小者を帰すと、すぐに飛んでいった。ゆっくりと歩いても徳星寺の裏までは小半刻とかからない。そでには近くへ買物にゆくと告げて、表戸を閉めて出かけた。

修理は役目で蔵地へ来ていたらしい。下城の時刻は過ぎていたから、配下のものを帰して、束の間、語り合うつもりだろうと思った。最後に会ったのはもう去年のことである。子が生まれたことを彼は言うだろうかと明世は歩きながら考えたが、矢立ても綴じ紙も持たずに出てきたことに気付くと、自分も嘘はつけないと覚悟した。

修理は立ち並ぶ蔵のひとつの、畑に面した側に立っていて、明世を見ると辞儀をした。彼女は道を外れて歩いていった。日は西へ傾きかけて、蔵の影が畑に向かって伸びている。見た目ほど暗くはないが、影を踏むと足下から冷える気がした。

「突然にお呼び立てして、ご迷惑ではなかったでしょうか」

「迷惑だなんて、お待ちしておりました」

「いろいろとあったものですから……」

彼は三月《みつき》の空白を埋めるように、やつれた明世の顔を眺めた。子が生まれたのもいろいろのひとつだろうと思ったが、明世は口にしなかった。言えば咎めることになるだろう、と思った。

「先日、葦秋先生にお会いいたしました、修理さまのことが知りたくてお訪ねしたのですが……」

微笑んでいるにもかかわらず、修理の顔には疲れが見えて痛々しい。

瞼が腫《は》れて、口のまわりにはうっすらと髭が伸びている。彼を取り巻く現実が気がかりであった。

「先生はお気付きのようすで、あまり期待してはいけないと申されました、修理さまともしばらく会っていないと……」

「先生がそのようなことを……」

「お会いしていないというのは本当ですか」

そのことに執着するつもりはないのに、男の顔を見ると自然に言葉が溢れてきた。葦秋が弟子同士の過ぎた交わりを案じているのであれば、それはそれとして受けとめなければならないし、修理の考えも聞いておきたい。彼女が返答を待っていると、彼は少し間を置いてから、

「明世どののためにおっしゃったことでしょう」

と落ち着いて答えた。

「先生には書画会のあと幾度かお会いして、有休舎の今後のことなどを話しました、そのおり明世どのの話も出て、私情のためにあなたの才能を封じてはならないと……」

「先生がそう言われたのですか」

「ええ、何もかもお見通しのようです」

言いながら、彼は首を回して遠い林のほうを眺めた。いつだったか明世が絵に描いた畑には春菜《はるな》が並び、隅のほうには種をとるために残した葱坊主が見えている。彼女は目を伏せて、蔵近くの畑にうなだれている花大根を見た。

「わたくしは、こうしてときおりお目にかかるだけでかまいません、それで気がすむのです」

だが、そう口にすると却って男の負担が思いやられ、今日で終わりだろうかと思った。分かり切っていたことだが、お互いに重い家族を背負っている。何が何でも男と添い遂げようなどとは思わないが、会うだけでも土台無理な話であった。語り合えば過ぎてしまう束の間を楽しむ一方で、そんなことがいつまでも続くとは思わなかった。家も家族もある男を頼るほうがおかしいのだし、男が終わりを告げれば従うしかない。二十年も前に躓《つまず》いてからというもの、下ばかり見て歩いてきた。そのくせ一度でいいから思うように生きてみたいと願いながら、いつも世間の倫理に背いてしまう。異端を通して済まされるのは画仙紙の上だけのことであった。

自分で口にした言葉に動揺しながら、彼女は今日でなくともいつかは男が去ってゆく淋しさを思った。ときおり会えれば気がすむのだと言ったのは、終わりを遠ざけるための方便だったかもしれない。だが、ほかに女の口から何と言えるだろうか。どう足掻《あが》いたところで窮屈な現実は変わらない。すると男と気持ちを通じ、絵に情熱を尽くしてきたのも、そこまでのことに思えてきた。それなら男といる瞬間を大切にするしかないのだった。

顔を上げると、修理は優しい目に力を込めて凝視していた。ときおり会えば気がすむというのは本心か、彼はそう訊ねた。

「わたくしは違います、いつもどうにかしてあなたを攫《さら》うことばかり考えていますし、ひとつひとつ手順を踏んでゆけば決してできないことはないとも思っています」

そのためには家を捨てる覚悟でいるし、身分にもこだわらないという。いつのことになるか知れないが、どこかに小さな家を造り、葦秋夫妻のように心から自由に生きてみたい。それがただひとつの望みだと語った。あまりに唐突で思いがけない話に震えそうになりながら、明世は実際ぞっとした。男の覚悟を疑う暇もなかった。

「そのようなことが本当にできるでしょうか」

「やってみなければ分かりません」

「できたとしても世間が喧《やかま》しいでしょうね、それに耐えるほうがつらいかもしれません」

それでも修理と二人なら世間など問題ではないかもしれない。心が動くのは男がそばにいるからで、ひとりになれば気持ちは揺らぐだろう。それこそ気が遠くなるほどの困難を乗り越えなければならない。けれども、これほど幸せに思えることもないのだった。情熱もなしに優れた絵は描けないように、生きてゆくのにも情熱がいる。萌えるように輝いていたときは過ぎてしまったが、終わりはまだ遠いとも思う。男の言うように、暮らしを壊さなければ何も変わらない。明世は強く思ったものの、自由と孤独は紙一重であった。

「この土地でなくともいい、二人で畑を作り、絵を描いて暮らせたら……何年かかるか分かりませんが、そのつもりでいてほしいのです」

男のひたむきな気持ちは染みるように明世の胸に伝わってきた。その情熱に揺さぶられている自分をどうしたものかと思いながら、彼女は少しの間、はいともいやとも言えずに佇んでいた。

男の告白は望外の喜びだったが、改めて自分という女を見つめると彼にとりそれほど値打ちがあるとも思えなかった。絵を描く以外に何の取り柄もない女をどうして求めるのだろうかと、明世は心許ない気持ちで男を眺めた。家に安らぐ場所がないから外へ目を向けるのだろう。下士の部屋住みだった男が百五十石の家へ入って、家族と反りが合わないというのもうなずける。しかも男は勤皇に走り、上士の身分まで捨てようとしている。そのことだけでも家付きの女たちが黙っているわけがないのだった。

だが、それならなぜ子を作るのか。つい恨みたくなる気持ちを甲斐性のない女の諦めが押し込め、口を衝いて出たのは別の言葉であった。

「勤皇のことはどうなされます、ご家族やご実家のことは？」

「むろん、わたくしなりにけじめをつけるつもりです、勤皇はときの流れが求めていることですから止めるわけにはゆきません、いずれわれわれの暮らしにも関ることですし、家中四百家の行く末をも大きく左右することですから、目をつぶり逃げ出すわけにはまいりません」

それは、この国に生まれ、禄をいただいてきた家中としての務めだという。勤皇派だからといって、公家にへつらい、藩主や国許のことを疎《おろそ》かにするわけではない。むしろ朝廷に恭順することが国を守ることになる。勤皇という大義にも裏がないわけではないが、保守派の言うままに幕府についていては、いずれ国ごと壊される、それもそう遠い先のことではないだろう、と彼は話した。

家族のことは、どう誠意を尽くしたところで心の重荷になるだろう。しかし、これまでも重荷であったことに変わりはない、とも言った。あとには家族よりも多くの人々の非難と罵《ののし》りが待つだろうし、その声はどこまでも付きまとうかもしれない。それでも自由に生きてみたい。

そう言い切ると言葉は途切れてしまい、修理は明世を見たが、彼女もどう答えてよいのか分からなかった。男と心を通わせたときから気持ちは決まっていたはずであるのに、いざとなると踏ん切りのつかない優柔な女を感じる。自由に生きるには、彼ばかりか彼女も家族を捨てなければならない。姑と林一、末高の人に対して、いったいどういうけじめのつけようがあるだろうかと思いながら、彼女は正直に心の中を吐き出した男に、もう引き返すことを知らない人の潔さを感じていた。

短い沈黙のあと、彼女は吐息をついて顔を上げた。白壁の蔵には小さな窓があって、その下に男は身じろぎもせずに立っている。背を向けた蔵は彼の身分の象徴でもあったが、未練はないのだろう。少年のころから生きてゆくことを考え、貧苦を乗り越えてきた男の覚悟が揺らぐとも思えなかった。

「思う存分、絵を描けたら、それだけでも生きてゆけるでしょうね」

「楮《こうぞ》を育て、紙を漉《す》くことからはじめてもいい」

「畑で顔料を作りますか」

明世を見ると、修理はほっとしたように笑いながら、若いころに平吉に蒔絵を習っておくのだった、と言った。それは本心だろう。蒔絵は生業としての魅力はもちろん、画家の目で意匠を工夫するだけでも十分な楽しみがある。平吉さんは光琳《こうりん》と同じ道を歩いてゆくのかもしれませんね、と明世も応えながら彼と同じ夢を思った。いつか手に入るかもしれない男との暮らしに二人で物を作る楽しみがあるなら、老いても螺鈿《らでん》のように輝くに違いない。墨と顔料の匂う、もうひとつの有休舎を想像するのは楽しかった。

ぼんやりとだが情熱のゆくさきに見えてくる夢は、ひ弱な心の拠《よ》り所でもあった。絵を描くほかに取り柄がなくとも、相手が修理なら許される気がする。家のことにしても、どうにもならないと思うからどうにもならない。絵も人生も運命に任せて半端なままにきて、振り返る真実のひとつもなく終わるくらいなら、異端で通すほうがいい。

そのむかし父に反抗したときのような気持ちになって、彼女は唇を嚙んだ。いつの間にか夕暮れの気配とともに雲が流れてきたかと思うと、地上にも微かな風が出ている。

「必ず叶うと信じて、気持ちを強く持ち続けることです」

修理の落ち着いた声が言い、はい、と答えるかわりに明世は深々と頭を下げた。暗い袋小路から抜け出る道をつけてくれた男に、そうせずにはいられない気持ちだった。彼女は今日、男の本心を見たし、こちらも見せたと思った。あとは互いを信じるしかないだろう。

「これから幾度となく川舟に乗る夢を見るでしょうね、宝物の矢立て綴じ紙を手に見たこともない景色の中にさまようのもいいかもしれません」

彼女は言いながら、しかし、そこに修理がいるなら恐ろしいこともないのだと思っていた。

外はからりと晴れていたが、家には雨上がりの湿りが残っている。一昼夜、静かに降り続いた雨があがると、草の匂いが立って、急に日差しも濃くなるようであった。

鳥たちの囀《さえず》りのすがすがしい初夏の一日、早朝から昼にかけて忙しく働き、いっとき暇を拵《こしら》えると、明世は台所の板の間に座って墨をすりはじめた。明かり取りの窓から入る日の光のもとで、絵筆をとるのは久し振りのことである。墨の匂いが増すほどに気分はほぐれていった。

修理と話したことで不安が薄れ、心にも張りが出てきた。よくも悪くも、ひとつの結論を得て覚悟したこともあるが、絵を描くのは気持ちが前を向きはじめた証であった。板の間に硯や筆や絵皿を並べて眺めるうちに、そこへ戻るしかない定めのようなものを感じる。いまさらどこをどう探してみたところで、情熱の向かう先はほかに見当たらないし、修理とのこともはじめからこうなると決まっていて遠回りをしてきたとしか思えなかった。

あのあと修理は林一のことにも触れて、いまは自分の目が届くからそう案ずることはない、と言った。女子の目の届かない外の世界に親の気持ちで見てくれる人のいるのは心強いし、修理なら本当に守ってくれるだろう。母親の自分が寄りすがる男へ、林一が知らず識らず近付いてゆくのも定めのような気がする。修理とは遠いむかしからそういう縁で結ばれていたに違いない。

ゆっくりと時をかけて墨をすり終えると、彼女は毛氈《もうせん》に白紙を置いて、これから描く絵の仕上がりを思い浮かべた。まだ咲いている山吹を描こうと思い立ち、決意もなく庭を眺めてきたが、いまは絡み合う群れの中に見つけた二筋の花の流れに意識が集中している。

彼女は筆をとると、一片《ひとひら》の花弁から描きはじめた。線で輪郭を描《えが》く白描の技法である。一輪の花から次の花へと、頭の中に切り取った印象の中心から描きはじめて徐々に外へ広げてゆく。そこだけを蒔絵の文様にしてもいいほどの小さな中心ができあがると、あとは記憶と心の向かうところへ任せて筆をすすめる。やがて二筋の花弁の流れが生まれ、淡墨の葉を添えてゆくうち、山吹はまるで山中に自生したもののように生きてくる。空間を決めるのにさほどのときはいらなかった。墨に心を救われるのか、筆を置いて眺めるうちに、彼女は優しい気持ちに満たされていった。

お茶を淹れて差し上げよう、と不意に思い立って運んでゆくと、そではは珍しく縁先に腰掛けてぼんやりとしていた。庭とも言えない狭い空地の際に山吹が咲いていて、見るともなしに目を当てている。陽を浴びて鮮やかな黄金色に光る山吹と萎《しお》れた老女の対照が、何かしら物悲しい絵のようであった。

「今日はご気分がよろしいようでございます」

明世は縁側に茶を置いて話しかけたが、そではうなずくでもなく一服した。老女の暗い影がついさっき描いた絵に重なる気がした。そでの内側にあるものを日の下に引き出して風を通してやろうかと思うが、頑固で歯が立ちそうにない。

すぐには下がりかねて座っていると、

「じきに終わりだね」

そでは億劫そうに口をきいた。

「花の見納めが山吹とは思わなかった……」

「山吹は春のものですから」

ようやく近付いてきたそでを感じながら、明世は話の接《つ》ぎ穂《ほ》に困り、そんなことしか言えなかった。そでが口にした見納めという言葉にこだわりながら、慰めの言葉が出ない。老女の内側を覗いたものの、不意のことにうろたえていた。これが物悲しさの正体であったかと思った。

「何もいいことはありませんでしたけど、六十五年も生きたのだから、それだけでもよかったのかしらね」

「………」

「それにしても、女はつまらないわね、一生を男のために振り回されて……」

そでは言い、微かに自嘲したようである。滅多に笑わない人が人生の終わりを見つめて笑うのは一生の皮肉だが、明世はいまをおいて語るときもあるまいと思った。それで恨みごとばかりですか、と胸の中で語りかけていた。

「あなたはいいわねえ、絵があって」

そでは言いながら目の端で明世を見た。

「むかしは自分のことばかり言う厭な嫁だと思いましたけど、人ひとりの一生を考えてみれば、女子もそれくらいでないといけませんね」

「おかあさまにはご苦労をおかけしました」

「それはお互いさま」

「末だに家の再興もならず、心苦しく思っております」

素直に頭を垂れた明世へ、いいえ、とそではゆっくりと首を振った。正直なところ家などもうどうでもいい。横たわれば見えるのは天井だけだし、目をつむれば何も見えない。そのうちつむったきりになるのも運命だろう。そでの言葉を聞きながら、明世はこれが久し振りにする話かと気が滅入った。老女の目のさきに山吹が落ちずに咲いているのが、ささやかな救いであった。

「おかあさまには身近な楽しみを見つけていただきたいと思いますが、わたくしには何もして差し上げられません、しかもそれは内証の苦しさや不穏な時勢のためばかりではなく、本当を申し上げれば、いまも自分のことで精一杯なのです」

「それでいいのです、家や時勢に流されたところで、とどのつまりは自分の一生ですからね」

「わたくしには絵を描くほかに取り柄もありませんし」

「何かに夢中になれるのは若いときだけかと思い込んでいましたが、あなたを見ていると長い間の間違いに気付かされます」

そでの優しい物言いに驚いて、明世はその横顔を眺めた。姑の口から理解の言葉を聞けるとは思ってもいなかった。馬島という家に生きて立場を守ることに終始してきた人が、嫁に気弱なことを言うのは似合わないし、却って淋しい。それとも変わろうとしてとうとう変われなかった人の、最後の呟きだろうかと思った。

「自分の一生を人と比べて悔いが深くなるのは情けないものです、それだけつまらない生き方をしてきたということでしょうから」

「おかあさま」

「言えるうちに言っておこうと思いましてね、そんな気にもならなくなったら本当の終わりでしょうし」

そでは茶で喉を濡らすと、両手で湯呑を持ったまま、さっきよりも掠《かす》れた声で話した。

「いつか林一に見せてもらいましたが、丁寧とかいう娘の絵、あれはいい絵でしたよ、娘のまだ強い心のありようが見えるようでしたねえ、あの娘にむかしの自分を重ねて見る人は大勢いるでしょう、ところが、あなたはいまでもああいう目をする、まだこれから、負けない、とでも言うようにね」

「強情なくせに脆《もろ》いから絵を頼ります」

明世は苦笑したが、自分に向けられた病人の目が案外に澄んでいるのを感じた。いつまでも世間と馴れ合わない嫁の心のうちを、そでは見通しているのかもしれなかった。

「いつのことでしたか、女がいくら絵を描いたところで墨代にもならないだろう、そう言った覚えがあります、あれはあれでそのときの本心でしたが、いまは違います」

そでは病人の掠れた低い声で続けた。

「あれは嫉妬でしょうね、家のことにとらわれず生き生きとしているあなたを見ると業腹を煮やしたものです、わたくしにはないものを持っているあなたが羨ましくもあったのでしょう」

「世間の常識からすれば、身勝手な悪い嫁でございます」

明世は自然に詫びる目を向けた。馬島に嫁して二十年、自ら非を口にしたことはなかったが、そでが折れると言葉はすらすらと出た。彼女はそでのために何をしてやれるだろうかと思い、何もしてこなかった自分に気付いた。

「わたくしもそういう目でしか見られませんでした、それがこんな体になって見たくもない先が見えてくると、いったい自分は何をして生きてきたのかと考えてしまいます、嫁いでからというもの家にしがみつき、夫にしがみついて、ほかのことを考えるゆとりすらありませんでした、夫がこうしろと言えば何も疑わずに従い、するなと言えば子供のように恐れて従ってきました、その結果、夫がいなくなると自分という女もいなくなってしまい、わけもなく恐ろしく感じたりもしました」

「それが女子というものかもしれません、もしも絵の世界を知らなければ、わたくしもそういう生き方しかできなかったでしょう」

そでの言葉に真情を感じるせいか、明世は自分の言葉も苦にしなかった。彼女はできるだけ素直にそでの気持ちに応えようとした。

「世の中の仕組がそうなっていますし、女子にできることは限られています、ですが葦秋先生や光岡さまのように勇気をくださる殿方もいらっしゃいます、わたくしはそういう人に恵まれ、教えられてきました、よかったのか悪かったのか、未だに迷うことばかりですが、絵を描くことで救われます」

「描きなさい、好きなだけ描くといいわ」

そでは言うと、庭を満たす陽の濃さに目を当てながら、どこかで思い切らなければ月日は過ぎてゆくばかりだと付け加えた。ぼんやりとした視線のさきには山吹があり、ことのほか輝いて見えているらしかった。

その変わりようは明世を驚かせたが、言うことはすとんと胸に落ちた。思い切らなければ好きな絵を描く環境は作れないし、これまで我慢を続けて思い通りになったこともない。好きにしろ、と何年も前に死んだ父は言い、そでも同じように死を見つめて言っている。だが、どこでどう思い切ればよいのだろう。修理との約束といい、物事が自分に都合よく動きはじめたのを感じながら、彼女は肝心の自分を恃《たの》めずにいた。

「お言葉は嬉しうございますが、どうすればよいのか、わたくしには分かりません」

「どうして」

とそでは訊ねた。

「思うことを通したら、それでいいでしょう、もう誰にも気兼ねすることはないのだし」

「林一がおります」

「あの子のことなら案ずることはありません、放っておいても立派にやってゆくでしょう」

「ですが、まだ若輩ですし、見守ってやりませんと……」

「母親がしてやれるのは身の回りのことだけですよ、食べるものを食べさせ、着るものを着せて送り出せば、あとは心配するだけです、ぐずぐずしていると、そのうちこちらが心配をかけることになります、それとも家のために絵を諦めますか」

「いいえ、それだけは一生諦めません」

「そう思うなら押し通すことです、世間が何と言おうと、もう失うものもないでしょう」

そでは言い切ると、日溜まりに向けて長い吐息をついた。それから背を伸ばして笑ったようだった。険がとれて清々とした顔に、明世は命の終わろうとする人の意地を見る心地がした。言うべきことを言って悔いの呪縛《じゅばく》から解放されたのだろうか、そでは山吹を見ながら、ゆったりと欠伸《あくび》をしている。死と向き合うことでようやく手に入れた安らぎを思うと、厠へゆきますか、とも声をかけられなかった。

しばらくして明世は茶を淹れ替えに立ったが、台所から戻ると、そではうとうとと居眠りをしていた。よほど気持ちがさっぱりしたらしい。日差しはうつむいたそでの背中にも当たっていた。

その日、彼女は墨のみで二枚の山吹の絵を描き上げた。ひとつは白描の、ひとつは没骨《もっこつ》の素朴な絵だったが、そでの影が重なるせいか、鮮やかな花のようすを描き切ったにもかかわらず、どちらも憂鬱なものに思われた。


女が情熱を通すために家から離れてゆくのは仕方のないことであっ

た。優れた絵を描けば人は清秋という画家を認めるだろうが、その生き方までは認めない。一幅の絵を介して美意識を共有しながら、ともに暮らしから離れて深遠な世界に浸るだけである。女の暮らしを見たなら人は我儘だと言うだろうし、女が自分の身内であればなおさら許さない。わざわざ閨秀画家と呼ぶように、女には常に家の影がつきまとう。人目に立つことは嫌われ、家の奥深くに潜んで、ひっそりと暮らすのが武家の女子の常であった。身過ぎのためにできることは少なく、許されることも限られていた。

（食《は》み出すしかないのでしょうね）

明世は思い続けていたが、小さな決心を繰り返すだけで、その裏側についてくる不安と良心の呵責《かしやく》を持て余した。まっすぐな情熱に従うことが家族を捨てることにつながる。修理がそばにいるときは不安も消えるのに、その後、彼からは何も言ってこなかった。日々が自分との戦いになった。

不意に眩しさの去った梅雨のはじまり、彼女は朝から髪を結い、出かける支度をした。前夜、実家の末高から使いがあって、その日の午後、帰一に会うことになったのである。飾りのない淋しい髪には馴れたものの、町中ですれ違う人目が鬱陶《うっとう》しくてならない。白壁町の屋敷まで傘を差してゆけるのは気が楽だった。

帰一は待ち構えていて、呼ばなければ訪ねてこない姉を暗い顔で迎えると、久し振りです、と皮肉な言い方をした。明世はすぐに用件を訊ねた。

「林一のことで、お願いがあります」

彼は掻い摘んで藩内の情勢を話すと、林一を勤皇派から遠ざけるようにと忠告した。言い換えれば、甥が執政に刃向かう側に立つのは迷惑ということであった。城下は平穏に見えるが、保守派と勤皇派の対立は一触即発の状態で、いつ異変が起きてもおかしくない。勤皇派の杉野家老は血の気の多い若者を集めて、いずれ長州あたりが朝命を奉じて討幕の兵を挙げるだろうから、そのときは天命と思い、加勢しろと言っている。しかし、そんな謀叛《むほん》が許されるわけがない。許せば長州が幕府に代わって君臨し、御家はその配下になるだけである。だいいち西国の郷士らに断じて大政は任せられない、と帰一は頬のこけた顔を歪《ゆが》めた。

事態が急迫し、保守派も落ち落ち眠れないのだろう、彼は黙ってい
る姉へ、末高のためにも林一を説得してほしい、と言った。
「お話はごもっともですが、林一には林一の考えがあるものと思い
ます」
明世は応えながら、どうやら弟ともこの家とも別れなければならな
いらしい、と思った。
「林一も馬島の当主でございますから、わたくしから命ずることも
できません」
「ならば手前の命令として伝えてくだされば結構です、末高と馬島
は縁戚ですし、家格からいっても末高に従うのが筋でしょう」
帰一はそう言った。姉に対して言葉がきつくなるのは、それだけ彼

も追いつめられているからだろう。勤皇は家中としての務め、その務めを終えたなら家を捨てると言った修理と違い、明世はあくまで家禄に執着する男を見る思いがした。

「叔父の言うことを甥が聞くのは当然です」

彼が高飛車に出れば出るほど小さく見えて、弟ながら明世は不甲斐なさに呆れた。

「そして仲よく共倒れになりますか、あなたはあなた、林一は林一でよいのではありませんか、それにあなたが正しく、林一が間違っているという証もございません」

「姉上は分かっていない」

彼は声を上げると、林一が死んでから後悔しても遅い、と言って脅した。明世はすぐに冬の夜を思い出した。林一が保守派のものに腕を斬られた夜である。あのとき林一を助けた修理が、たとえ親でも戸を開けてはならないと言った意味がいまにして分かる気がした。

林一が斬られたことを彼女は帰一に話していない。事件は公になったから帰一が知っていてもおかしくはないが、それにしては見舞いにも来なかった。斬った側の人間が、斬られた人間を見舞うこともできなかったのだろう。林一も帰一が保守派の人間と知ってから白壁町には近付いていないようだし、それで帰一は姉に話すしかないと考えたらしい。

「林一はすでに命をかけております、死ぬことを恐れて勤皇派を脱するとしたら、斬られたときにそうしていたでしょう」

「まだ世の中を知らない子供のすることです、諭すのが親の務めだとは思いませんか」

「父が生きていたら、そういうあなたを諭すでしょうね、落ちるくらいなら飛び降りろと」

言ってから、明世は言葉の持つ棘に気付いてはっとした。言葉は帰一の感情を害したが、一方ではそのまま自分の胸に刺さってきた。

「落ちるくらいなら飛び降りろ」

そのむかし臆病な息子を叱った父の声に、帰一ばかりか明世も胸をつまらせていた。不意に甦った言葉は父の幻影と重なり、二人の間に生々しく立ってきた。あれは父の子供たちへの置き土産であったかと、明世もまた我が身の不甲斐なさを思わずにいられない。

話し声の途絶えた部屋に女中のしげが茶を運んでくると、二人はそれぞれに視線を逸らした。険悪な成りゆきを悟ったしげは無言のまま茶を出すと、目の端で明世を見ながら下がっていった。敏感な彼女のことだから、姉弟の終わりを感じたかもしれない。明世はしげとの縁も今日で終わるのだろうかと思いながら、彼女が淹れた茶をゆっくりと味わった。

「まったく、手前には姉上という人がよく分かりません、息子の烏帽子親を頼みにくるかと思えば平気で不義理をする、絵のためなら何でもする人が無心だけはしない、今日明日の米にも困っていながら髪のものを売るのは絵を描くため、そのくせ小さな畑にしがみついている、弱いのか強いのか分かりません」

ややあって帰一が言い、明世は応えるでもなくうつむいていた。

「去年の書画会のときもそうでしたが、手前の言うことなど何も聞いてくれない」

「絵はわたくしの命そのものですから、奪おうとするものには刃向かいますし、強情になります」

「それが飛び降りることですか」

彼女は意地になって、わたくしにとってはそういうことです、と答えた。女子はひとりでは生きようがないから、何をするにも家人の許しを得なければならない。だが自分はもう末高の人間ではない。ようやく自分のことを自分で決めていい齢《よわい》になったし、家のことは林一が決めればいい。たとえ世の中が望まぬほうへ変わり、おちぶれ果てたとしても、林一は悔やみはしないだろう。あなたもよくよく考えて覚悟することです。

明世が言うと、帰一はもう仕方がないという顔をした。そこまで言われてさらに頭を下げる理由は彼にはない。明世もそれ以上、無意味な話し合いを続けるつもりはなかった。気の重い視線を交わして、彼らは同時に吐息をついた。急に激しくなった雨音が聞こえている。明世は辞して母の部屋へ寄るつもりだったが、これで本当に終わりかと思うとすぐには立ち上がれなかった。

「ここでいいわ、戻って母の相手をして差し上げてください」

玄関まで見送りにきたしげへ、明世はそう言って微笑みかけた。心なしか、しげは青い顔をして目にも落ち着きがない。はい、と力なく答えたものの、彼女はすぐに言い直した。

「やはり門口までお送りいたします、しばらく長屋で雨が小降りになるのをお待ちになられてはいかがですか」

そういうときのしげは、帰一や彼の指図で顔も見せない義妹《ぎまい》よりも身近な存在であった。明世は首を振ったが、いっとき門番のいる長屋で、しげと茶を飲むのも悪くはないと思った。十二で奉公に上がり、四十を過ぎたしげは、末高の女中であって女中ではないようなところがある。とりわけ明世には少女のころをともに過ごした思い入れがあって、ほかの奉公人を見るようにはゆかない。

「たまにはあなたとも話したいのですが、そうゆっくりもしていられません」

明世が言うと、しげは気弱な笑みを浮かべて黙り込んだ。当主の部屋を辞したあとの長居は許されず、彼女は母のいせとも短い言葉を交わしただけであった。いせは帰一が姉を呼んだわけを知っていて、明世の顔色から今日の成りゆきを察したようである。逆らってばかりいてすまない、と詫びた娘へ、損な生まれ性だが、そのうちいいこともあるだろう、と笑いに紛らした。明世は立っていって次の間の仏壇に手を合わせた。そのあと二人で「丁寧」を観たのが慰めであった。

しげが密かに期待したような取り成しは、いせにはもう無理であった。屋敷は帰一夫婦のものとなり、病がちないせは一室に籠って、そこから見える世界を眺め暮らしている。仮に姉弟の仲を取り成したところで、帰一は従わないだろう。

「おひとりで雨の中をゆくのは淋しいものです」

それとなくしげがまた引き止めたが、待っていても激しい雨脚は衰えそうになかった。明世は平気を装って、傘を差しながら玄関を出た。

「この分なら、しばらく畑に水をやらなくてすむでしょうね」

広い前庭も雨に濡れると歩きづらい。門までが遠く感じられたが、しげが見送ってくれるだろうから、弱々しい姿は見せられなかった。

「母を頼みます」

彼女は気持ちを奮い立たせて、雨の中へひとりで出ていった。

激しくなる一方の雨は、広い通りへ出ると風に煽《あお》られてなおさら荒々しく感じられた。こんな日は急用でもなければ人は外へ出ないのだろう、町家はどこも雨戸を閉《た》てて閑散としている。明世はいつの間にか回り道をしながら鷹匠町へ向かっていた。修理に会えるとは思わないが、彼の近くへ行って気力を分けてもらいたい気持ちだった。

「光岡は危険な男です、下手に関ると身を滅ぼすことになりかねません」

そう言った帰一の重い声が頭にこびりついている。そんなはずはないと思いながらも、まっすぐ家へ帰るには気が重すぎて、どこかで気分を変えたかった。江戸町から鷹匠町へ折れると、道ゆく人はさらに減って、人恋しさに胸が震えた。人と別れてきたばかりの人間が、もう人と一緒にいたいと思うのは皮肉であった。肉親まで押し退けてゆく時勢が恨めしく、情熱が掛け替えのない命のように愛おしい。身過ぎのためでも憎しみのためでもなく人と別れて、いったい自分はどこへゆくのかと思う。やりきれない思いに潰れてしまいそうな胸のうちを分かるのも修理だけであった。彼なら悲痛な叫びにも明快に応えてくれるだろう。その気配だけでも味わいたい。彼女はほかにゆくところのない気持ちになって歩いていった。

前にようすを聞いていた光岡家はすぐに分かったが、門扉《もんぴ》は閉じていて中までは見えない。人通りがないからいいようなものの、明世はしばらく佇んで屋敷を眺めていた。白壁町の通りよりも細い道には古いが堅牢そうな屋敷が並び、門扉の脇に続く土塀の向こうには庭木が見えている。光岡家の塀からは葉桜がのぞいていて、晴れていれば木漏れ日と遊ぶ若葉が美しいはずであった。

修理は本当にこの家を捨てられるだろうかと、彼女は不安になって眺めた。塀の内側にあるのは案外平凡な家庭で、些細な感情の行き違いが男と家族を背中合わせにしているだけかもしれない。見たわけでもなし、そういうことがないとは言えない。するとそこに立って男の家を眺めていることが、無意味で、浅はかなことのようにも思われた。

気休めに少し歩くと、道の角には足軽屋敷があって、長い藁葺《わらぶき》屋根が大勢の人の暮らしを隠している。明世は塀が板塀に変わるところまできて引き返した。足軽だろうか、前方に下城してきたらしい数人の人影が見えたのである。もうそんな時刻かと驚きながら、彼女は急に居場所をなくした人のように足早に歩いていった。

どう歩いても雨の道は歩きにくく、気を付けていながら泥に足をとられる。急ぐつもりが泥濘《ぬかるみ》によろけて立ち止まっていると、江戸町の方角からも小者を従えた武士が歩いてきた。遠目にも武士の姿は修理に似ていたが、雨で顔までは分からない。光岡家へ入るだろうかと思っていると、果たして二人は屋敷の前で立ち止まり、小者だけが中へ消えていった。武士は門前に立ったまま、じっとこちらに目を向けている。明世は駆け出しそうになった。

「どうしました、何かあったのですか」

「ついふらふらと来てしまいました」

雨に打たれて顔色の冴えない明世を見ると、修理は心配そうに眉をよせた。

「五十川でお待ちください、すぐにまいります」

彼は口速に言って目で促した。屋敷へ招じて休ませることも、そこで立ち話もできない。否《いや》も応《おう》もなく明世はうなずいて、また引き返した。

修理に会えたのは降り続く雨のお蔭かもしれなかったが、腰から下がずぶ濡れであった。足下はすっかり泥に塗《まみ》れている。修理の顔を見られただけでも運がよく、そのまま別れてくれればよかったとも思うが、家へ戻れば落ち込むだけで身動きがとれなくなる気がした。心のどこかで、是が非でも会いたいと願っていたのだろう。

そこから「五十川」は案外に近く、濡れた明世を見ると、店のものは気持ちよく応対した。女将が着替えと足袋《たび》を貸してくれて、奥の座敷で待つうちに修理はやってきた。彼はさっき出会ったときとは違う、上気した顔で訊ねた。

「どこか具合が悪いのではありませんか」

「いいえ、ただ、ときおりお会いしないと頭がおかしくなりそうです」

「困った人だ」

彼は笑いながらそう言った。男が濡れた袴を脱いで寛ぐと、料理屋の座敷は住み馴れた居間のように思われた。そのくせ明世の胸は騒いだ。今日は会合がないから自分はゆっくりできる。林一どのは朋輩と仲間の家へゆくはずだから、ここで食事をしてから帰っても間に合う。修理は道々考えてきたことを、そう告げた。じきに酒と料理が運ばれてきて、彼は気前よく折詰を注文した。そでのためらしい。女中は心得て下がっていった。明世は今日、帰一に会って、彼とも母とも別れてきたと話したが、言葉にすると気が楽になるどころか、重い事実に胸をしめつけられる心地がした。

体が冷えて気分はすぐれなかったが、男に会えたことで彼女の気持ちは慰められていった。

「これで林一も心置きなく、やりたいことができるでしょう、わたくしがしてやれることもほかにありませんし」

彼女のそそぐ酒を、修理はうまそうに飲み干した。その日の彼は箸よりも盃を手にした。

「このままでは末高さまはいずれ土井家老と心中することになります、いまからでも考えを改めてほしいのですが……」

「人によって見方は違うものですね、帰一はあなたさまのほうがよほど危ない、下手に関ると身を滅ぼすだろうと申しておりました」

「半分は当たっているかもしれない」

彼は苦笑しながら、むかしから無理なことをしたがる質《たち》だし、随分失敗もしてきたと話した。丹精してうまくゆくこともあれば、いくら辛抱してもどうにもならないこともある。早い話が、大好きな絵にしても少しもうまくならない。

「わたくしに教えられる子供は苦しむでしょう」

彼は言い、それは困ります、と明世も微かな笑い声を上げた。二人きりの小さな座敷に何かしら香気が立ってくるのを感じながら、

「末高とは他人以上に疎遠になるでしょうが、それも仕方がありません」

彼女は気落ちと安堵《あんど》を味わっていた。そのために男と会っているという喜びもあれば、じきに別れなければならない虚しさもある。男が人のものだから、望んではならないことだから、と二の足を踏むには近寄りすぎてしまい、いまは紙一重のところにいる自分を感じる。男が干した盃へ、男のために酒を満たしてやる。ただそれだけのことでも心は満たされてゆくし、気落ちした心を引き立ててくれるのも男であった。死んだ夫にすら抱いたことのない感情を男に預けて待つとき、彼女ははじめて女であることの幸せを味わった。

「いまはそうでも、いずれこちらが力になれることもあるでしょう」

「逆なら、帰一は林一を見捨てるでしょうね」

修理は明世の酌を拒まないかわり、彼女に酒をすすめもしなかった。

二人のときを酒を通して味わっている。話の接ぎ穂に困ると、彼は明世が美しく箸を使うのを眺めては感心し、

「箸の上げ下ろしですら見飽きない」

と心情を口にした。気持ちが見えるほど、言葉は無意味なものに変わっていった。

語り合い、ためらい合ううち、酒が切れると修理は女中を呼んで注文した。彼は少しも酔ったようすがなく、銚子を向ければいくらでも飲めそうであった。酒は待つほどもなく運ばれてきて、女中が行灯《あんどん》の油を足して下がると、明世はまた銚子に手を伸ばした。

「平吉さんは相変わらず忙しいのでしょうね、梅雨どきの細工所は埃が少ないかわり、湿気が煩わしいでしょう」

いつの間にか平吉を話題にしながら、彼らは漫《そぞ》ろ言《ごと》を繰り返してい た。互いの間に厄介な壁があって、言葉がうまく噛み合わない。そこに平吉がいないことが留め金が外れたように不安定であったし、彼の話題は無難だったが、すすんで話しているのでもなかった。

「あいつは辛抱強いから、少々のことは苦にしない、案外、一番強いかもしれない」

修理はそう言った。平吉の話はそのくらいにして、二人のことに戻りたいようすだった。明世は黙り込んだ。継ぐ言葉を失うと、男に銚子を向けるのもぎこちない手付きになった。

修理は彼女の髪に目を当てている。飾りのない女の髪が哀れに映るのだろう。明世は見られることにも馴れて、男の目に任せていた。視線は女の髪から肩へ移り、やがて盃に戻ると、彼はそれには口をつけずに、不意に手を伸ばして彼女の手をとった。明世が気を許したともいえない一瞬のことで、彼女ははっとしたあと、すぐに力の抜けてゆく自分に気付いた。考えてみれば、男が酔わないのは分別がないのと同じであった。

生憎《あいにく》の雨で客も来ないのだろう、「五十川」の中は静まり返っている。人の足音も聞こえてこない。いつしか男に肩を抱かれながら、明世は聞くともなしに雨音を聞いていた。望んだことであるのに、どうしてか男の温もりが恐ろしくなる。悦びに包まれていながら、そうしている間にも過ぎてゆく束の間が恐ろしい。男といて後ろめたいわけではないが、不安がないとも言えない。分別があるのかないのか、彼女はいまがよければそれでいいと割り切った。そう思う以外に別れを恐れる気持ちの遣り場を知らなかったし、肉親とも別れてきたからには、もう自分に忠実に生きるしかないのだった。どうにか人心地を取り戻すと、彼女は自分の手を握っている男の手を頼もしく眺めた。壁はどこかへ消えてしまい、外の雨が信じられないほどの静けさであった。

六月になっても雨は降り続き、思ひ川が氾濫するのではないかと案じられたが、しめやかな降りのせいか何事も起こらずに日は過ぎていった。明世は葦秋のことが心配になって、あるとき雨の中をようすを見に出かけたが、堤の上から見る川はまだゆったりとしていて、水もうまく流れているようであった。思い切って有休舎まで足を伸ばすと、葦秋も寧も無事に暮らしていた。

「雨続きで、ご心配でしょう」

訪ねたわけを挨拶に変えると、

「ここは大丈夫だ、流されたことはない」

葦秋はそれよりも新しい絵を持参しない弟子のことが気にかかるようであった。彼には弟子の絵を見ることが何よりも大事らしく、弟子はいつまでも弟子であった。前に来たときよりもだいぶ元気そうだね、と画家の冷徹な目に見つめられると、明世は修理とのことを見破られた気がした。

そのころ彼女は自分を取り巻く世間から解放されて、男と約束した将来を本気で思うようになっていた。世間が変わったのではなく、明世のほうが変わったのだろう。時勢が時勢だから、失うもののほうが多いから、却って手に入るかどうかも分からないことに夢中になった。むかしから人並みの幸福を得るより異端者でいるほうをなぜか好んだし、運命に別れ道があるなら自分で選びたいと思った。目の前の貧困に背を向けて、勤皇だ、保守だと、男たちが政争に狂奔《きようほん》するなら、女がひとりで立って悪いこともないはずである。

その日も雨は降り続いていたが、明世は小降りになるのを見計らって出かけた。町医者へそでの薬をもらいにゆくついでに八幡町の平吉のところへ寄って、文晁《ぶんちよう》の版本や図版を見せてもらうつもりであった。

前に文晁の話をしたとき、彼は失望したと言っていたから、それだけのものは持っているはずである。彼女は一度その目で彼の批評を確かめたかったし、文晁ほどの大家のすることを考えてもみたかった。このさき生きてゆくためには、絵を売るか弟子をとるかして暮らしを立てなければならない。その指針となるものを先人の絵の中に探し出したい。いずれどこかで修理と暮らすとしても、画家としての自分は持ち続けるのだし、彼もそのことは理解してくれるだろう。

ぼんやりとした空想の中から、ようやく現実へ踏み出した自分を感じながら、彼女は下駄掛けの素足に泥がかかるのもかまわずに歩いていった。

医者の家から平吉の家へ向かう途中で、明世は雑多な彩《いろど》りに惹《ひ》かれて粟菓子《あわがし》をもとめた。彼女自身は駄菓子を食べたこともなかったが、狭い店の中にはいかにも子供の好きそうなものが細々《こまごま》と並んでいて、新鮮に見えたのである。見るうちに目移りがして、色や形の違うものを寄せ集めても二十数文であった。持っていた薄紫の袱紗《ふくさ》に包むと中身の粗末さに気後れしたが、手ぶらで訪ねるよりはましであった。

八幡町の家へ着くと、平吉は細工所で仕事をしていたが、応対に出た妻女のとしと話すうちに玄関へ出てきた。

「ちょうど仕舞いにしようかと思っていたところです、どうぞお上がりくださいまし」

彼は少し疲れの見える顔で言い、としには足を拭くものを持ってくるようにと指図した。子供たちは襖の陰からこちらを見ていた。

「何かお急ぎの御用でも？」

「文晁を見せていただけないかと思いまして、いつも急のことですみませんが……」

明世がお子さんへの土産だと言って袱紗包みを置くと、子供たちは呼ばれもしないのに出てきて挨拶をした。包みを開いて、彼らの手に駄菓子を渡すと、正直ほっとした。

「文晁を見るのは、わたしも久し振りです」

不意の来客を茶の間へ招じて、平吉は別の部屋から版本や軸物を持ってきた。明世の訪問は彼にも都合がよかったらしい。仕事に気の入らないもどかしさから抜け出て、みるみる明るい表情になった。彼は明世の前に版本を並べながら、それが寛政や文化のころのもので、軸物はさらに時代が下り、晩年の真作や模写がある、と話した。それから立っていって、暗い座敷に行灯を灯した。

「どうぞ、ごゆっくり」

としが茶を出して下がると、彼らは版本から目を通した。平吉は自分も一冊手に取りながら、明世の鑑賞を黙って見ている。外題に「日本名山図会《ずえ》」とあるのは「名山図譜」の再版で、文晁が南部出身の医師・川村錦城《きんじょう》に贈った絵を縮写して冊子にしたものである。序文にそう記されているのを明世は黙読した。開くと、文晁の描いた山々はすべて真景らしく、緻密な線の描写が美しかったが、縮写のせいか雄大さが感じられず、土地の息吹のようなものも伝わってこない。明世には、ただ正確なだけで、これなら何も文晁でなくともよいのではないか、という印象であった。

真景を写すといっても、絵には写意《しゃい》が表われて然るべきで、同じ対象を描きながら画家によって違うものになるのも当然であった。それが版本の絵には感じられない。

そもそも彼女が文晁を見たいと思ったのは、大家と呼ばれた画家の生きようの一端を窺《うかが》いたかったからである。その意味で「日本名山図会」は彼女の胸に訴えてこなかった。気韻《きいん》が損なわれてしまうのは版本の宿命なのだろうか。明世は思いながら、静かに本を閉じた。

かわりに手にしたのは明《みん》の画家が描いたという功臣二十四人の画像を文晁が模写したもので、見返しに「陳章侯画　淡海文晁摹《も》」とある。明世は一覧して、これにも失望した。原本を知らないものには文晁の筆という信頼があるだけで、いまの彼女にとっては、いくら見つめても教示の得られない画本と変わらないのだった。彼女が見たいのは文晁という画家の心の動きであって、形ではなかった。

「いかがですか」

しばらくして訊ねた平吉へ、明世は溜息をついた。版本は貴重なものとしても、中身は始終眺めていたいものではない。裏切られた気持ちで本を閉じると、彼女は平吉に向かって小さく首を振った。

「やはりご覧になりたいものとは違うようです」

彼はすぐに悟って版本を片付けると、軸物のひとつを座敷の鴨居に掛けにいった。

「これは落款まで真似ていますが、贋作というには幼く、模写というべきでしょう」

「模写はどうしても味わいが異なります」

しかし平吉が広げた絵を見たとき、彼女は目を見張った。現われたのは確かに稚拙に見える山水図で、まるで一筆書きのような遠い山も、その下に浮かぶ帆掛け舟も粗雑な描《えが》き方であった。しかも前景の林とも言えない木立は葉を落とし、露《あらわ》な枝はすべて右を向いている。けれども、これこそ文晁ではないかと熱くなる気がしたのである。

版本に比べて、その絵は墨が生きているようであった。技法にとらわれない自由な精神が感じられて、線よりも墨を基調にした画面が生き生きとしている。対象に肉薄した緊張感こそないが、透明で大胆に略した大らかな世界からは、憎体《にくてい》なほど技法を飛び越えた創意が伝わってきた。そのために子供が描いたように見えるだけで、明世はすっかり忘れていたものを見たように、少女のころの自分の絵を思い合わせていた。

贋作でも模写でもかまわない、文晁風には違いないのだと思いながら、彼女はしばらくその絵を眺めていた。目の前の絵にはそれだけの魅力があって、自ずと教えられる気がする。模写ですらこうなのだから真作はどれほどのものかと思っていると、平吉が真作は寛政のころに描かれたものだと説明した。

「本物はどこへゆけば見られるのでしょう」

「さあ、それは……江戸か京か、どこであれ金持ちの家でしょう」

彼は別の巻軸を持って腰を浮かせながら、見たくても新しい絵はもう手に入りませんから、と付け加えた。それはそうだった。

「これも模写ですが……」

と平吉が次に見せたのは米点《べいてん》山水と呼ばれるもので、明らかに模写であったが、これも明世を驚かせた。池大雅《いけのたいが》の点描を彷彿《ほうふつ》とさせる山水は墨点の滲《にじ》みを巧みに使い分けていて、丸みのある山肌とそこに眠る大気のありようまでも描《えが》き出している。明世はそれが模写であることも忘れて見入った。一目見て写した画家も秀でた人に違いないと直感したし、言いすぎでなければ版本にある文晁自身の模写よりもすばらしかった。本物を眼《ま》の当たりにしている、と彼女は錯覚すらした。二つの山水図はまったく違っていながら、同じような瑞々しさで彼女の胸に迫ってきたのである。

「見事ですね、目を洗われる気がいたします」

「はじめのものはともかく、こちらは見るべきものがございます」

と平吉も言った。彼は後者に生動を感じるという。二つの山水図を見比べながら、二人はそれぞれの美点を語り合った。そのあと平吉が本物をご覧に入れましょう、と言うので、明世は期待と緊張から身構えたほどである。だが、現われたのは見るからに味気ない七福神と高《たか》砂《さご》であった。

「わたしの手に入るものといったら、こんなものです、しかし文晁には違いありません」

平吉は自嘲をこめて言いながら、文晁に失望したわけを濫作の中の心ない略筆にあると話した。

「これは好んで描いたものではありませんね」

「ええ、ただの祝儀画でしょう」

「文晁ほどの大家でも暮らしのために引き受けたのでしょうか」

明世は絵の分からない人に依頼されて、仕方なく描く絵の淋しさを思ったが、それも画家として生きてゆく方法のひとつには違いなかった。

「晩年の文晁は、まるで粗画と名画の境をさまよっていたようです、義理や金のために描いた絵が多いとしても、必ずしも暮らしのためとは言えないでしょう」

平吉は不快そうに眉を寄せた。彼には蒔絵師という、まっとうな暮らしの立て方があり、余技としての絵はできるだけ純粋なところに留めておきたいらしい。一度は画家を志しながら諦めた背景には、やはり暮らしがあって、彼も明世もつましく生きることで絵を繋ぎとめてきた。才能も名もありながら、粗画でも席画《せきが》でも何でも売った文晁に平吉が失望するのも分かるし、そこにある絵もそういうものであった。

もっとも依頼画は名があってできることで、明世は画家になれたとしても、それ以前の貧しさと戦わなければならない。売画がよくて依頼画が悪いという理屈も、貧しさの前では通りそうになかった。彼女は複雑な思いで七福神の絵を眺めながら、自分ならどうするであろうかと思った。食べるためなら、ありふれた鶴でも亀でも描くであろうか。食いつめても生きた鴉《からす》を描くだけの気概があるだろうかと考えたが、清秋と落款するからには鴉のほうを描くしかないように思われた。

「とてもよいものを拝見いたしました。わたくしなどまだまだ未熟ですが、行く手に微かな光の見えた気がいたします」

「やはり歩きづらくとも堤の道をゆかれますか」

　さりげなく訊きながら、平吉は気がかりのある暗い表情をしていた。ひとくちに画家になるといっても、女子には男より激しく、無分別に近い覚悟のいることであった。平吉は彼女の柵《しがらみ》を案じたのだろう。それは明世も承知していたが、実のところもう気にしてはいなかった。はじめから分かっていたようなものだが、彼女の情熱は絵に向かい、絵によってしか報われない。だから暮らしのために描くのではなく、絵を描くために暮らしてゆく。絵を描けない暮らしの中に充足はないし、描かない自分は自分でなかった。

小さくうなずいた明世を見つめながら、いいですねえ、と平吉は言った。明世の変わらない情熱を言ったのだろう。そういう彼も絵を描き続けるだろうし、いずれ優れた絵も描くだろうが、蒔絵師をやめることはないのだった。どちらがよいとか悪いとかではなく、彼には絵の魅力にも匹敵する生業《なりわい》があるから、迷いながらも二つの道をすすむしかないらしかった。

町人の生業の重さと、ろくに見過ぎを知らない女の情熱を天秤に掛けても仕方がないが、割り切れた分だけ明世には平吉の葛藤《かっとう》も分からないではなかった。絵のほかにすすむ道がなければ彼も同じ決断をするに違いないのだと思う。だが彼には丹精して築き上げた暮らしがあって、食み出すことを許さないのだった。いいですねえ、と言った平吉の言葉には、そうしたくても自分にはできないという自嘲が込められていた気がする。

「平吉さんはむかしから自分を恃《たの》んできたからお分かりになるでしょうが、わたくしの考えていることはとんでもないことに違いありません、ですが、ほかにできることもないのです」

「お気持ちはよく分かります」

平吉は言って嘆息した。

「わたしは臆病なだけで、子供のころから何かから食み出しそうになると、あと一歩のところで踏み止まってきました、どうしても思い切って飛び越えられない、親の言いつけで仕方なく修業したくせに、いまのわたしから蒔絵をとったら何も残りませんし、暮らしてもゆけません」

「平吉さんの蒔絵は見事なものです、どの品も親から子へと伝えられてゆくでしょうし、人の命よりも長い歳月を生きてゆくはずです」

「しかし、絵のように自由ではありません」

「そうでしょうか」

彼の鬱《ふさ》いだ顔を見ると、明世は前々から思っていたことを口にした。

「光琳はすすんで蒔絵にも手を染めました、大胆な意匠を生み出し、独特の文様を編み出しています、人の手が触れるもの、人に使われるものに関りたかったのではないでしょうか」

「そもそも光琳は身を持ち崩して画家になった人です、その中には遊び心もあれば研ぎ澄まされた心もあります、わたしなどとは人間の出来が違いますし、見つめているものが違います」

「平吉さんは、いつでもご自分を小さく見すぎます、光琳にできて平吉さんにできないはずがありません、前にいただいた矢立てを見たとき、わたくしはそう思いました、すすきの穂を文様に仕立てた意匠がすばらしく、そういうことのできる平吉さんをうらやましく思ったものです」

明世が言ううちに、平吉はいくらか顔色を取り戻したようだった。彼は壁の七福神に目をやりながら、この絵にも言いわけがあるのかもしれませんね、としみじみ言った。

言われて明世も掛軸を見た。文晁の、と断わりがなければ、どこにでもある七福神だが、粗い筆が文晁といえば文晁であった。苦心して身に付けた画法を無視して、そこまで大胆になれるかどうか、彼女はいつか試してみようと思いながら、平吉の声に呼び戻されていった。

「どうやら、わたしも腹をくくらないといけないようです、いままでは蒔絵も行き詰まるだけでしょうから」

彼と目が合うと、明世はどちらがどちらを慰めているとも分からない不思議な休らいの中にいるのを感じた。絵の分かる人と一幅の絵を見るとき、それがどんなに平凡なものでも気が休まる。ありふれた画題ゆえに人の手を転々としてきたであろう絵の遍歴を思いながら、彼女は文晁の描いた空間にでもいるのだろうかと思い巡らした。するうち思考が途切れ、気が遠くなるように感じたが、体の異状には気付かなかった。

「近ごろ、光岡さまにお会いになりましたか」

不意に話題を変えた平吉へ、明世は不用意のまままうなずいた。咄嗟に身構えたのは、平吉を警戒したというよりも、ぼんやりとしていた自分を律するためであった。修理との約束は誰にも言えない。平吉はうすうす感付いているだろうと思ったが、お互いに顔色は変えなかった。

「いつもとようすが違いませんでしたか」

「いいえ、気が付きませんでした」

「実は十日ほど前にお会いしたのですが……」

彼はためらいがちに話した。その夜の修理はいくらか酔った足取りで平吉の家へ訪ねてきた。四ツ（午後十時頃）前だったという。晩に内輪の集まりがあって夫婦は起きていたが、突然のことに驚いて招じ入れると、彼は茶を飲みながら、とりとめのない話をはじめた。

「町人のおまえがうらやましい、いつどこで誰と会おうと勝手だし、職が厭なら明日からでも変えられる、広い屋敷に暮らしながら武家のすることといったら不自由なことばかりだ、そのくせ家の名にしがみついている」

真顔でそんなことを言ったかと思うと、たわいのない冗談を言ったり、急に低い声で笑い出したりした。訪ねてきた時刻もそうだが話すことも唐突で、平吉はそのときのようすを、まるで青白い雷のようだったと譬《たと》えた。小半刻ほどして裏木戸から帰ってゆくとき、邪魔をしたな、と自分を見つめた顔が忘れられないとも言った。

「お役目のほかにも、いろいろと苦しいことがおありのようです」

彼は口を濁したが、修理の敵は家の中にもいるらしかった。家人との不仲が久しいことは明世も聞いているし、平吉はこの十数年の間に詳しく聞かされているはずである。彼の家を出たあと修理は小雨の中を足速に去ったそうだが、家へ急ぐためではなかったろう、と明世は思った。

顔を伏せて、青白い雷のような男を思い浮かべていると、本気かどうか、もう一度三人で書画会を開こうとおっしゃっていましたと平吉が告げた。そのときの修理は沈んでいたという。

「もちろん本気でしょう」

明世は顔を上げた。

「書画会は修理さまにとっても大切なことです」

「ですが酔っておられましたし、何かこう、言葉と顔色がちぐはぐなようでしたから」

「それだけ平吉さんに気を許しているのではありませんか、誰にでも素顔は見せられませんし」

「それにしても、ようすが変でございました」

その夜の修理に平吉はこだわり、短い沈黙のあと、思いつめた表情で気がかりを口にした。

「何やらお別れにこられたような気がしまして」

「まさか」

明世は破顔したものの、平吉の不安がすっぽりと自分の胸に納まるのを感じた。今日、彼の口から修理のようすを聞けるとは思わなかったし、期待もしていなかったから、なおさら言葉の重さに打たれて震えそうな声で聞き返した。

「修理さまが、なぜ平吉さんにお別れを」

「いいえ、ただそんな気がしたまでです」

平吉は繰り返したが、ひとりでは不安を抱え切れなかったのだろう。仕事の不調も、そのあたりからきているのかもしれない。明世は平吉の予感が外れていることを願ったが、膨らんでゆく不安をどうすることもできなかった。

言っておきながら悔やんでいるのか、うなだれている平吉へ、

「そろそろ帰りませんと……」

言いかけて口籠ると、静かな雨音が聞こえてきた。修理の身に異変が起きたとしても、もう十日も経ってしまったのだと思いながら、彼女は辞して立ち上がった。また気が遠くなりかけたが、そのときは軽い立ち暗みだろうと思った。暗い予感にさらされながら部屋を出るとき、何気なく目をやると、文晁の七福神は皮肉な笑みを浮かべて、うそぶいているかのようであった。

帰宅して間もなく高熱が出て、明世はその夜から三日後の朝まで床に臥せていた。早く起き上がり修理と連絡をとりたいと思いながら、熱と胸痛に悩まされて朦朧《もうろう》として過ごした。林一のいない日中、そでの世話をするのが精一杯で、家のことは何もできなかった。

「光岡さまはどうしておられますか」

彼女はそれとなく林一に訊ねた。女二人が寝込んでしまうと、彼は城からまっすぐに帰宅して煮炊きや掃除をする破目になったが、ひとことも不満は洩らさなかった。それどころか熱心に女たちを介抱したから、明世は頼もしく思ったほどである。その夜も明世の枕元に座って、こまめに額を冷やす手拭いを替えていた。

「妙ですね、光岡さまにも母上のことを訊かれたばかりです」

林一は母の顔色を見ながら、早急に片付けなければならないことが多く、とくに光岡さまはお忙しいが、変わりありませんと話した。今日も下城のときに追手門で顔を合わせたので、立ち話に母の病を伝えると、お大事になさるように、と修理は言ったという。無事なようすに明世はほっとしたが、修理は平吉に見せるような顔を林一には見せないだろうとも思った。男が多忙なことは、よいほうにも悪いほうにもとれて、彼のために何もできずに寝ている自分が情けなかった。

「いま家中の間で起きていることを、少し詳しく聞かせてもらえませんか」

朦朧とした頭で理解できるかどうか、ともかく明世はそう言った。そうして林一がそばにいて、ゆっくりと藩の政情について聞けるときもないだろうと思った。

「そのようなことより、いまは眠ることとです」

「もう寝飽きました」

「無理にでも寝ていただくほうが、わたくしは安心です、また思いつめて、ふらふらと雨の中を歩かれては困ります」

林一は揶揄《やゆ》しながらも、少しは話すつもりになったらしい。明世が前に帰一と話し合い、末高と別れてきたと打ち明けたときも、彼は落ち着いていて、ご苦労をおかけします、と言ったきりであった。息子と思えばいつまでも子供だし、同じ年頃の男と比べれば大人であった。

明世は何を聞いても動揺は見せまいとして目を閉じたが、しかし、それから聞いた林一の話からは修理の苦しみは見えてこなかったのである。

数の上では勤皇派が保守派を上回るようになって、総意は勤皇に傾きかけているが、主意決定の実権を握る保守派は依然として幕府を頼りにしている。だがそれは表向きの顔であって、本心では御家が内側から崩壊するのを恐れて旧態を固持しようとしているにすぎない、と林一は話した。つまりは自分たちの身分と暮らしだけを守ろうとしている。幕府への忠義立てにはそういう裏があるから、仮に幕命で薩摩や長州と戦うことになったとしても、すすんで戦いはしないだろう。それなのに佐幕の立場を譲らない。

変動に際して失うものの少ない下士たちと、守るものの多い上士の間には、自ずと時代の流れを見る目に違いがあって、本流を見据えているのはむしろ下士たちのほうだとも話した。彼らは新しい世の中の仕組を望んでいるし、そうならなければ国が国として持たないところまで来ている。幕府にかわり人心を統率できるのは朝廷のほかにないし、これ以上異国に付け入られないためにも早く手当てしなければならない。開闢《かいびゃく》以来の危機に目を塞ぎ、保身に努めることほど無意味なこともないというのに、土井家老をはじめとする保守派は八万石の維持にこだわっている。反目する杉野家老との議論はすれ違うばかりで、会議では何も決まらず、藩論も統一されないままであった。

「勤皇派としては年内にも御上《おかみ》の名代として上洛し、東国諸藩に先駆けて勤皇誓約を果たす所存ですが、城も江戸屋敷も保守派が固めていて肝心の御上に近付けません」

このままではいずれ勤皇派が決起するか、その前に保守派が謀叛の容疑でわれわれを処罰するでしょう、と林一は語った。小姓組の彼ですら、在国中の藩主に近付けないという。

「すると帰一が言っていたように、いつ異変が起きてもおかしくはないのですね」

明世は目を開けて林一を見た。彼の声はよく聞こえていたし、話も呑み込めたが、修理の胸の内は見えてこなかった。もし修理が保守派に処分されるなら、林一も同じ立場だろうと思った。

「そろそろ、わたくしも覚悟しないといけませんか」

虚《うつ》ろな目で見つめた明世へ、林一は微笑み返してきたが、首は振らなかった。はい、と言うかわりに、彼は淡々とした口調で続けた。

「母上にはそのことばかり見てしまう癖がございます、あまり思いつめないでください」

そう言われてみれば、娘のころから一途がすぎて、何かあるとよく熱を出したものである。むかしもいまも変わらないらしい。

十歳より前のことだったと思うが、あるとき母に弁《わきま》えのなさを窘《たしな》められてしばらく寝込んだことがあった。奉公人に対する言葉遣いにけじめがないというのだったが、身に覚えがなく、意味も分からない。あとから考えると子供同士のすることで、乱暴な言葉は気持ちを通わせる手段であった。そんなことでも理屈の分からない我慢をすると熱が出た。利発なのに思い込みが強くて困る、といせは言ったが、大人には当然のことを子供の明世が分からないのも当然であった。いせはもう覚えていないだろうが、明世はすぐに従うかわりに考えることを選んだ。そんな娘だったから、思うに任せない現実に行き当たると、自分の体を壊すことでしか立ち直れないのだろう。ほかに無理やり抑えつけた感情の遣り場もないのだった。

その夜、息子の言葉を思いながら眠ると、夢にうなされた。孤立した林一が大勢の男たちに囲まれて斬られてゆくのを、彼女はどこかから見ているのだった。実際に襲われたときのように林一はうまく逃れられず、修理も助けには現われなかった。彼女は激昂《げきこう》し、足下に落ちていた刀を摑もうとして、そこに横たわっている男に気付いて愕然とした。男は修理であった。暗い闇の底に、いつからそうしているのか目を閉じて動かない。突然何もかも忘れて男の胸に顔を埋《うず》めながら、彼女は夢の中で、それが夢であることを祈ったが、泣いても叫んでも男は応えなかった。しばらくして立ち上がると、林一の姿は見えず、どこへゆくのか夜のしじまに自分の足音が響くだけであった。

明くる朝、彼女は床を出た。目覚めると熱が抜けているのが分かり、峠は越えたらしかった。ふらつく足で庭へ出ると、雨はやんでいて、久し振りに力強い日の光に顔をさらした。林一もそでも、じきに目覚めるだろう。その前に済ませてしまおうと思いながら、井戸端まで歩いていった。重い釣瓶縄《つるべなわ》を手繰《たぐ》って水を汲み、仕舞い忘れていた盥《たらい》に移していると、病ではなく汗が出てくる。夢は覚えていたが、息を殺して思い出すまいとしていた。急いで元結《もとゆい》を解き、頭から盥の水に突っ込み、汚れた髪を清めた。夢など忘れてしまえ、消えてしまえ、と念じながら、彼女は躍起になって不幸の前触れを追い払おうとしていた。

長雨のわりには大水もなく梅雨が明けて、夏の陽が城下を包むと、人も緑も力付いて、しゃかりきに生きるようであった。

陽は日に日に濃くなり、物干竿に掛けた洗濯物でさえ地にくっきりと影を落としている。明世は暇を見つけては外出し、木陰や物陰から町屋の人々の姿を写した。やはり通りの木陰に休む棒手振《ぼてふ》りや老人、商家の裏庭で洗濯に追われる女、日中畑仕事をしていた若者が夕涼みをする姿などである。写しはじめてみると人の姿態は限りなく、当然のことながら人それぞれの営みを感じる。幕府と朝廷の軋轢《あつれき》など知らず、藩を揺るがす事態からも置き去りにされた人々。しかし木陰の休らいに自足し、たくましく生きる姿は風景に溶けて美しい。土塀の内側だけにある整えられた庭の空気と違い、込み入って忙《せわ》しないが気楽に息がつける。調和のとれた生の営みが長閑《のど》けさを生むのだろう。ときおり寝たきりのそでを描くのも、それがいまの彼女にとっての営みであり、あるがままの実景に感じられるからであった。

「女の終わりを描いても売れませんよ、ぞっとしないし、荒れた肌や髪は気味が悪いだけです」

襖を開け放ち、茶の間で絵筆を動かす嫁へ、そでは病床からそう言った。庭側の障子を葦戸《よしど》にかえると病間は暗くなったが、風が流れる。腎《じん》の臓を病み、満足に団扇も使えなくなったそでは肌の感覚だけで生きていた。明世が写生した絵を見せると、これがいまの自分かと見入ったが、文句は言わず、やがて目尻から涙を流した。

「手心を加えましたね」

「加えたといえば、絵心を少し」

そでは穏やかに笑って、冥土のほうに知る人が多いから土産にしよう、と言った。明世が写しとめたいと思うのは、そういうときのそでであったが、彼女の笑みは長くは続かなかった。目を閉じると何も寄せつけない顔になって、そでは自分の命の終わりを指折り数えているかのようであった。

夏の日が落ちて間もなく林一が帰宅し、跡を追うように人の訪う声がするので出てみると、光岡修理であった。白い麻の着物が眩しく、湯上がりのようにさっぱりとしている。明世は驚いて言葉をなくしたが、修理は会うといつもそうするように微笑みかけてきた。

「林一どのはおられますか」

彼は屈託もなく言ったが、堂々と家へ訪ねてきたのは後にも先にもその一度きりであった。

修理とはその二日前に会ったばかりで、そのとき明世は平吉から聞いたことを話した。午後の暑い盛りで、待ち合わせた下宮の渡し場は日差しの避けようもなく、彼らは思い切って川舟に乗った。綴じ紙に絵を描く振りをしながら話したのは、向こう岸へ渡り、引き返してくる間の小半刻余りのことであった。

「あのときは少々酔っておりましたから、つまらぬことを話したかもしれません」

明世の不安に彼はそう答えた。顔には平吉が言っていたような翳《かげ》りはなく、声も明るかった。

「むかしから腐ることがあると平吉に話して忘れたものです」

「本当にそれだけですか」

明世はつい妻のような気持ちになって質《ただ》したが、男の返答は変わらなかった。彼はこれからは前だけを見て生きるつもりだと言い切り、明世もうなずくしかなかった。むろん夢のことは話さなかった。そうして男と川の流れに揺れていると、現実のほうが夢のように思われたのである。

彼らはどちらからともなく陽気になって、限られたときを川の上で過ごした。川面が陽を照り返して岸辺よりも暑いくらいだったが、汗までが違って気にならなかった。修理が真新しい手拭いを貸してくれて、返すと同じ手拭いで汗を拭った。

「修理さまを描いてもよろしいでしょうか」

明世が言うと、かまいませんが、見ないと描けませんか、と彼は茶化した。

「揺れると顔が崩れるでしょう」

「あとで直して差し上げます」

このところ人をよく描くせいか、明世は男の一瞬の表情も見逃さなかった。画家としてなら、ためらわずに対象を見つめられる。男は大袈裟に照れたり、わざと表情を変えるのが得意であった。

彼女が写生をはじめると、彼は彼でじっと明世を眺めた。夏の日盛りにわざわざ川に出て絵を描く二人を、船頭はどう思ったことだろう。あとでふと思ったが、そのときは船頭のいることすら忘れていた。

「どうです、うまく描けそうですか」

「ご心配なく」

「心配などしていません、退屈なので言ってみただけです」

彼は明世を眺めながら、あなたはむかしと変わらない、そう言って笑った。その日別れるときまで、国や藩のことはひとことも話さなかった。

できることならまたすぐにでも会いたいと思いながら、男が突然訪ねてくると、明世は何か起きたのではないかと疑わずにいられなかった。そう口にしようとしたとき、声を聞いた林一が出てきて訊けずじまいであった。

修理は家には上がらず、林一を誘い出して去っていった。明世には小声で、ご心配なく、と囁いたのみである。急の会合でもあるのだろうと思ったが、息子と歩いてゆく男を見送るのは複雑な気持ちだった。修理のことは林一も勤皇派の同志以上に思っているだろうし、実際、命の恩人でもある。ひょっとして母子で男の逞しさに甘えているのではないかと思った。

待つうちに夜が更けて、林一が帰ってきたのは、それから二刻も経た四ツ（午後十時頃）過ぎであった。明世は茶を出しながら、急に何の用事でしたかと訊ねた。男同士で酒を酌み交わしたと言われれば、そう、と黙るしかなかったが、林一は刀を置いて寛ぐと、

「いろいろとお指図を受けてまいりました」

と言った。役目が違うので城では中々話す機会がないし、勤皇派の会合でも二人きりで話すのはまれだという。素直に答えた息子に、何

の指図かとまで訊くのはははばかられた。

「光岡さまは無事にお帰りになられましてて？」

かわりに明世はそう言った。息子を欺《あざむ》いて気が差さないわけではないが、男との間を打ち明けるには裸をさらすほどの勇気がいった。いま打ち明けたところで林一も世間も許さないのだと、しばらくは自分に言いわけをするしかなかった。

「あまりに忙しすぎて、お体を壊さなければよいのですが」

「光岡さまは頑丈な人です、いまあの人に倒れられたら勤皇派は太い柱を一本なくすことになります、それは光岡さまが一番ご存じでしょう」

「でも体はひとつしかありませんし、光岡さまは人に愚痴を言えないのではありませんか」

「言えないでしょうね、いまは誰もが気を張りつめていますから」

林一は茶を飲み終えると、休みましょうと言って、その先は語らなかった。茶の間を片して床に就いてから、明世は過度に期待され、疲れているであろう男を思った。そんなときに小半刻でも会おうとしてくれた気持ちは嬉しかったが、日を置かず、家に訪ねてきたのは意外だったし、林一を誘い出したのもやはり不自然に思われていた。

翌朝、けたたましい犬の鳴き声がして目覚めると、もう外は明るく、一日の営みをはじめた町の気配が伝わってきた。彼女ははっとして、まっさきにそでの部屋を覗いたが、病人に変わりはなかった。むしろそでのほうが落ち着いていて、悪い夢でも見ましたか、と明世の顔を眺めた。

「犬が……」

と言いさして、彼女はもうその声もしないことに気付いた。本当に聞いたのかどうか、あとになってみると分からない。が、犬は一匹で、たしかに遠吠えのように鳴いていたのだった。

そでを厠へ連れてゆき、身支度をして外へ出ると、からりと晴れているのに気の引き立たない朝であった。夏負けというのでもなく、体に力が湧いてこない。どうにか朝餉を用意して林一を送り出すと、それで一日が終わったかのような脱力感を覚えた。彼女は気を変えて畑に出た。ようやく胡瓜《きゆうり》の生《な》りはじめた畑に水をやりながら、前夜のことを振り返ったが、すがすがしい身なりの男と、頑丈な人です、と言った林一の言葉が思い浮かぶだけであった。

その日から幾日か続けて、明け方になると犬の遠吠えを聞いた。浅い眠りの底で聞くのか、目覚めると声は消えてしまうが、犬はどこか遠くから悲しい声で鳴き続ける。子を亡くした母犬のような、やりきれない声でいつも彼女を起こした。それが夢なのか、空耳なのか、彼女は分からなくなった。

日が過ぎて大暑を迎えた日の明け方、遠吠えはいつにも増して激しくなった。どうしてか犬は彼女ひとりの中に生き、姿を見せない。明世は自分に取り憑《つ》いた物の怪《け》を感じたが、馴れてしまうと恐ろしいとも思わなかった。声は切々として長く尾を引くように聞こえたし、むしろ慰めてやりたい気がしたのである。日中、何となしに気が沈むのも、やはり夏負けだろう、と思いつめず、ひとつひとつ家事を片付けてゆく日が続いた。

その日の午後も、一通りのことを済ませて暇ができると、彼女は茶の間で綴じ紙の整理をはじめた。いずれ本画にするために残すものと、そうでないものとを選《よ》り分けて、自分ひとりの画帖を拵えてゆく。改めて見ると、写生画の中には印象だけをとらえたものもあるが、そのとき持ちえた感性の瑞々しさまでは捨て切れない。結果として秀作を選り出すというよりは、思いの籠る絵を残すことになった。

薄い日差しの残る夕暮れ、取り散らかした紙や紙撚《こよ》りを片付けているると、訪ねる人があった。控え目な女の声に小首を傾げながら出てみると、待っていた女のほうが驚いた顔をした。

「明世さま……」

寧は言ったものの、言葉が続かず、汗の浮いた顔を伏せてしまった。寄せた眉の下で瞳がさまよい、小刻みに喘《あえ》いでいるのが分かる。家へ訪ねてきたのもはじめてなら、明世にそういう顔を見せるのもはじめてであった。

「どうなさいましたの」

案じて訊ねたが、寧は気分が悪いというのでもないらしい。明世は上がるようにすすめた。茶の間へ通し、麦湯を運んでくるまで、寧は石のようにじっと固まっていた。

「寧さまがいらしてくださるなんて……葦秋先生はお変わりありませんか」

寧はうなずいたが黙っている。何かしら言いにくいことを告げにきたのを感じながら、明世は立っていって病間の襖を閉めた。そのときそでと目が合ったが、互いに何も言わなかった。ずっと心の中に封じ込めてきた不吉な予感にさらされ、彼女は無意識に身構えていた。

「どうぞ、お召し上がりください」

仕方なく麦湯をすすめた明世へ、寧は微かにうなずくものの手は伸ばさなかった。美しい顔が強張《こわば》り、頬には汗が流れている。しばらくして彼女は見開いた目を上げると、一気に告げた。

「一昨日、光岡さまがお亡くなりになられたそうです、さきほど葦秋の実家のものが知らせてまいりました、小者の話なので詳しいことまでは分かりませんが、東海道の神奈川で、やはりご家中のものに斬られたそうでございます」

「………」

「そう葦秋がお知らせするようにと……」

「………」

「明世さま」

「信じられません、何かの間違いでしょう」

明世はようやくそう言った。胸は激しく波立っていたが、声は意外なほど落ち着いていた。

「修理さまとは、この間お会いしたばかりです」

彼女は引きつった顔で微笑みながら、何かの間違いでしょう、と繰り返した。感覚が麻痺したのか、笑うことしかできない。突然、腑抜けたような顔になって微笑しながら、明世はまだどこかに修理が生きていることを疑わなかった。

神奈川、と寧は言ったが、明世は修理が国許を離れたことも知らなかったし、何のために神奈川へゆくのかも知らなかった。事前に聞いていたなら、あるいは危険を予知して引き留めていただろう。

「このようなときに、なぜ修理さまが神奈川へゆかれるのですか」

問い質すような口調に寧は怯《ひる》んだが、確かめずにはいられなかった。

そのときになって顔が青ざめているのに気付くと、明世は拳を握り、息を凝らして顔色を変えた。決して取り乱すまいと思う一方で、ようやく思い切って渡りはじめた吊橋の上から、いきなり誰かに突き落とされたような気分だった。

「存じません、光岡さまは葦秋にも何も言わなかったそうでございます」

寧はそう答えた。葦秋の知らないことを彼女が知るはずがなかった。

「どう申し上げたところで、先生はお分かりにならないでしょう」

明世は茫然としながら、自分でもわけの分からないことを口走った。感情の糸が縺《もつ》れて、目眩《めまい》の中で寧と向き合っている。寧は噛み合わない話に口をつぐんだ。無言のままお互いの膝を見つめ合ううち、明世は思い切って声を震わせた。寧に訊くべきことはひとつであった。

「本当に光岡さまは亡くなられたのでしょうか」

「それは間違いないそうです」

跳ね返るように澄んだ声が返ってくると、明世は急に目の前が暗くなり、そのまま暗闇に引きずり込まれる気がした。男の死を受けとめなければならないと思いながら、そんなことがあってよいものかと熱《いき》り立った。

「この目で遺骸を見るまでは信じられません」

言ったが息が詰まり、鯉のように口を開けていないと窒息しそうだった。寧の言うことも男のすることも信じられない、信じてはならない、と心の中で言い聞かせた。

寧は明世の男への思いを確信したのだろう、それ以上事実を認めさせようとはしなかった。彼女は温《ぬる》くなった麦湯に口をつけると、

「何か葦秋に伝えることは」

と言った。明世は黙っていた。もうひとこと聞くか言うかしたなら、

逆上しそうであった。寧は紙一重の気配を察したらしく、腰を浮かすと、来たときよりもうろたえたようすで帰っていった。

夜になり林一が帰ってきたとき、明世は遅い夕餉の支度をしていた。寧が帰った夕暮れからいままで何をしていたのか分からない。あのあとそでに訊かれて事情を話したが、それも上の空であった。

「光岡さまというと、いつぞや林一を助けてくださった御方ですね、それはまあ」

そでは彼が蔵奉行だと覚えていたが、明世と有休舎の同門であることは忘れていた。寧が葦秋の妻で、それで知らせにきたのだと言っても絵の繋がりは思い出せぬようであった。横になったまま合掌したそでから、明世は逃げるようにして立っていった。

それから何をしたのだったか、いつの間にか日が落ちて、気が付くと暗い台所に座っていた。急いでそでを厠へ連れてゆき、寧を帰したままの茶の間を片付けると、もう六ツ半（午後七時頃）であった。彼女は台所へ戻って米を研ぎながら、そんなはずはない、と自分を励ました。力任せに薪《たきぎ》を折って竈《かまど》に火を入れていると、母上、母上、とあわてた声が狭い家の中を近付いてきた。

「母上、お聞きになられましたか」

林一はあわてたままの姿で、板の間から母を見下ろした。

「光岡さまが……」

「つまらぬ噂でしょう、それとも誰か光岡さまを見たのですか」

彼女は言い捨てて、林一に背を向けた。誰も彼も修理の死を疑おうともしない。屈んで竈に薪をくべながら、膨らむ炎を見るうち、夕方から抑えてきた怒りが込み上げてきた。振り返ると、林一はまだ板の間に立っている。薄情ものめ。明世は暗い炎のような目を向けて、怒りを露にした。

「光岡さまのことで、さきほど寧さまがお見えになりました」

光岡さまが神奈川で斬られたというが、自分は信じない、ときっぱり言った。その勢いの裏側にあるものに気付いたかどうか、林一は驚いて、母上、と口を開けたままであった。彼はその場に正座してから、改めて続けた。

「聞くところでは、江戸家老が立ち会い、光岡さまはすでに神奈川で茶毘《だび》に付されたそうです」

「なぜ光岡さまが死ななければならないのです」

「無届けの脱藩ということのようです」

林一は言ったが、明世はそ知らぬ顔をした。そんな曖昧なことに騙《だま》されるものかと思っていた。

「だいいち、どうして修理さまが脱藩しなければならないのです」

当然の問いに、それにはわけがあると言って、林一は前に修理と外出した夜のことを話した。

「あのとき光岡さまからじかに上洛の目的をうかがい、万一のときのお指図を受けております」

明世は驚いて声も出なかった。上洛という言葉にも万一という言葉にも突き放された気がした。

林一が言うには、修理は神奈川へ行ったのではなく、京へ向かう途中で追手に斬られたということだった。勤皇誓約のための下見と西国諸藩との接触が目的だったが、むろん保守派の執政に届け出てはいなかった。杉野家老と協働し、すべては隠密裡《り》に運んで、帰国後藩主に献策する手筈だったが、保守派に計画を見破られた挙げ句、脱藩したものとして処理されたのである。藩として放った追手のほかに、保守派の討手は神奈川にもいて待ち伏せたらしい。修理には二人、同行する者がいたが、彼らは運よく生き延びたという。

「光岡さまがご自身の命にかえて、二人を逃がしたようです」

そう林一が付け加えると、明世は立つ瀬のなさに茫然とした。そんなことを落ち着いて話せる林一も林一なら、修理も修理だと思った。

自分ひとりのことで手一杯の人間が、そうして勤皇派のために働き、他人を助けて死ねるのだろうか。男の本意を分かろうとすればするほど、胸の中が時化《しけ》のように荒れて騒いだ。いつかどこかに小さな二人の家を造り、心から自由に生きてみたい、ひとつひとつ手順を踏んでゆけばできないことはないと語った、あれはいったい何だったのか。

平吉や林一には別れを暗示しておきながら、自分へはひとことの言付けもなかった。何の弁解もなしに、いきなり死にましたと言われても承服できない。彼女は牙を剝いて、林一に迫った。

「頑丈な人だと言ったではありませんか、修理さまに倒れられたら勤皇派は太い柱を失う、そう言ったではありませんか」

「強い人には違いありません」

「強い人が斬られて死ぬものですか」

林一は気圧《けお》されて度を失った。明世がそこまで過剰に応じるとは思わなかったらしい。絵を描くときの思いつめた顔と、絶望にあらがう女の形相とでは情念の表われ方が違う。豹変した母の気迫に彼は狼狽し、彼女は剝き出しにした気持ちの遣り場に困りながら、全身を震わせていた。

その夜、暗い茶の間にひとりになると、明世はまんじりともできずに台所へ立っていった。夜半を過ぎていただろう。板の間に行灯を灯して、綴じ紙を捲《めく》りながら、荒れた気持ちのままに八つ当たりした。男を写した絵に出会うと、また会える気がする一方で、何も語りかけてこない絵に腹を立てた。いつの間にか川舟で写した男の顔を凝視するうち、感情の喘ぎは暗い渦を巻いていった。

彼女は目を見開き、息を弾ませながら、男の絵を摑んだ手に力を入れた。いつかは本画にしようと考えていた未完の絵は綴じ目からもがれて、手の中で丸められた。それでも飽きたらずに引きちぎった。人に自分の運命を告げられるほど惨《みじ》めなことはなかったし、男を恨みたい気持ちはそうでもしなければ治まらなかった。一度弾みがつくと絵は次から次へ引き裂かれ、ただの反故となって床を埋めてゆくのを、彼女は半端に生きてきた女の成れの果てのように思いながら眺めていた。

暑さで熱が出たのも分からず、うつらうつらしながら迎えた明け方、犬の遠吠えは聞こえなかった。明世は夜具の中で喪心《そうしん》しながら、あれは男の慟哭《どうこく》であったかと思った。すると心悲《うらがな》しく尾を引く声が無性に愛おしく感じられて胸をしめつけられる気がしたのである。うおう、うおう、と彼女は胸の中で鳴き返した。いったん男の死を認めてしまうと怒りはしぼむように和らぎ、かわりに押し寄せてきた悲愁《ひしゅう》に、昨日はただの一滴も零《こぼ》れなかった涙がとめどなく流れた。

あとにしよう。何が起こるか知れない一日、林一を空腹のまま送り出すわけにはゆかない。そう思い、起き上がり、身支度をした。いつものようにそでを厠へ連れてゆき、茶の間を片付けてから台所へゆくと、夜半に般若《はんにゃ》のような顔をして千切った綴じ紙が無惨なままに残っていた。細かな紙片は土間にまで散っている。元に戻すことは不可能であった。彼女は屑籠《くずかご》に拾い集めて竈のそばへ持っていった。

火を熾《おこ》してくべると、紙片の山は呆気なく燃えてしまった。灰も残らない。明世は見届けて外へ出た。まだ空の白いうちから蒸し暑い朝であったが、目覚めた町の気配は変わらない。彼女は顔を洗い、いつものように米を研いだ。それから鍋に湯を沸かして、菜を刻んだ。やがて朝餉の支度を終えて林一を待つうち、日が昇り、いつものように空を染めたが、彼女は今日からどうして生きてゆけばよいのか分からなかった。

業と言ってしまえばそれまでだが、どうしてか彼女の人生は節目節目で壊されてきた。望まない結婚にはじまり、突然の不幸と屏息《へいそく》を繰り返すばかりで、今日まで心から自分を生きていると感じたことはない。突然といえば夫の死もそうだし、家の零落も男の死もそうであった。これからというときにいつも手足をもがれてしまう。明世はもう仕方がないとは思いたくなかったが、現実にはただ立っているのにも気力がいるほどであった。

人に壊されたと思うのは間違いで、自分に生きてゆく力が足りなかったのではないか。その不足を男に頼り、思うようにならない人生に巻き込んでしまった。男に期待するばかりで何をしてやったろう。ひとたび自責の念に駆られると、ずるずると悔いの淵へ沈んでいった。

「修理さまを描いてもよろしいでしょうか」

二人で川舟に乗ったとき、明世が訊くと、男は見ないと描けませんか、と言った。あれは、そういうときがくるかもしれないという暗示ではなかったのか。それなのに男の表面を写すことに夢中で、何も気付いてやれなかった。そんな絵に語りかける力などあるはずがなかった。

彼女はその手で破いた絵を思い出しては気韻《きいん》のなさに失望し、男の短い生涯を振り返っては落ち込んだ。男はいつも何かに縛られていたし、よいことがあったとも思えない。そこからどうにかして抜け出すことを考えていながら、最後の最後まで自由にはなれなかった。

初七日の昼下がり、彼女は思い切って光岡家の前まで行ったが、門は固く閉ざされ、中へは入れなかった。せめて有休舎の同門として焼香するつもりだったが、それも許されない。門前には大目付の配下と思われる役人がいて、罪人の家として監視していたのである。いずれ遺族は屋敷を明け渡すことになるのだろう。彼らにすれば悲しんでばかりはいられないし、家を潰した男への怒りもあるだろうと思ったが、外からは沈鬱な気配が感じられるだけであった。

明世は役人からまだ遺骨も帰らないと聞くと、ほかにしようもなく、その場で手を合わせて引き返してきた。死んだ男にすら何もしてやれないのだった。

家へ戻るなり、彼女は衝動的に男の絵を描きはじめた。筆をとると男は紙の上に甦り、いくらでも表情を変えてゆく。だが、どれも気に入らなかった。男の内側を描けないために、あれほど見つめてきた顔が本物にならないのだった。どの線も微妙にずれて、生きた顔にならならない。

皮肉なことに、描けば描くほど人として未熟な自分を痛感することになった。当初は激情から引き裂いてしまった絵にかわるものを拵えるつもりが、日を追うごとに男の生を描《えが》くことにのめり込んでいった。

まだ陽次郎といった少年のころと蔵奉行の彼とでは風貌が違うが、内面は骨格のように変わらない。束縛からくる自由への憧れ、貧しさを跳ね返す豊かな感情、自身の苦悩を包み隠す優しさ、そのどれもが過去の情景につながり、くっきりと見えてくる。それなのに肝心の線が見えてこない。そもそも相反するものをどうしてひとつの表情に描《えが》けるだろう。いつしか思い出す限りの表情を描くことに彼女は夢中になっていった。

いつだったか、平吉も幼子を亡くしたときにそうしたと聞いたことがある。そのときは他人事《ひとごと》として常軌を逸していると思ったが、いまは自分がそうせずにはいられない。彼女にとって男を描くことは供養であり、彼が生きた証を残すことであった。一枚の肖像画を仕上げるために、彼女は明けても暮れても下絵を描き続けた。

「たまには気晴らしに外へ出てみてはいかがですか、違うものを描きたくなるかもしれません」

林一が見兼ねて言ったように、一日の大半を明世は薄暗い台所で過ごした。憔悴《しょうすい》し、思いつめていたから、顔付きも違っていただろう。そでの世話も家のこともしながら、夜更けに墨をすりはじめる母親を、林一はときおり気味悪がった。

「また光岡さまですか」

「いまはほかに描きたいものがありません、わたくしが描かずに誰が光岡さまを描くでしょう」

明世は気色《けしき》ばんだ。修理は林一にとっても大切な人だったはずである。命を助けられたこともあれば、教示を受けたこともある。母子して世話になった男を描くなというほうがおかしい。

「どう思おうとかまいませんが、邪魔だけはしないでください」

「あまり根をつめると体に障ります」

低い優しい声に言われても、彼女は煩わしく思うだけで意に介さなかった。好きな男のためにすることだから気を病んでいるとは思わなかった。

一枚の下絵を描き終えると、明世はすぐに次の絵にとりかかった。長く凝視するまでもなく、目が違うし、口も違う。どの絵も男に似ているものの、本当の修理ではなかった。

欠けているものを描かなければ永遠に修理にはならないだろう。彼女は魔物に立ち向かう気持ちになって難題に挑んだ。十八年振りに出会い、道連れになって堤を歩いたときの彼は、明るく話しかけながら悔いを引きずっていた。はじめて川舟に乗ったときは、優しい目をしながら貧困を見つめていた。どうすればあの目に潜む苦悩を表わせるだろう。第六天を祀《まつ》る高台から川を見ていたとき、男の顔には固い意志があったし、熱心に勤皇を語りながら心では自由を追いかけていたように思う。ああいう顔が描けないものか。

思いつめると描かずにいられないが、気負うあまり席画のような早業になる。暗い台所で半狂乱になって描くさまを、人が見たなら気が触れたと思うだろう。たちまち墨が白紙を埋めて小さな空白が残ると、彼女はそこにも目だけを描いた。そのうち墨もなくなり、掠《かす》れた線に気付くと、行儀も女もかなぐり捨てて薄っぺらな硯と戦った。

鬼神《きじん》に取り憑《つ》かれたとしか思えない形相で墨をするうち、近付いてくる男の気配を感じることがある。彼女はいつの間にか土間に立っている男の幻を見ては、その目に焼き付けたが、どうしてか絵にするとうまくゆかなかった。感情の波が荒れてしまい、憂鬱を憂鬱として描けないのだった。

やがて紙も切れると、明世は古い綴じ紙を解いて紙の裏まで使い、それも尽きると襖に男を描いた。そこまで夢中になる自分を異常だとは思わなかったが、このまま描けなければそれこそ気が狂うだろうと思った。不意に気が遠くなり、そのまま台所で寝てしまうこともあれば、一晩中起き続けていることもある。朝になり平然とした顔で林一を送り出すと、彼女は安紙を買いに紙屋へ走った。帰ると、そのためめに思い付く限りのことをして、また台所に籠るという繰り返しだった。

修理が望み、彼女が夢見た、絵を描く暮らしからはかけ離れていたが、一心に男を描いていれば彼女の気は紛れた。目標が遠ければ遠いほど不屈になったし、何より絵を描かない自分は自分でなかった。ほかに壊れそうな女を支えてくれるものがないこともあったが、不幸のどん底に沈みながら、墨をすり、筆をとるとき、彼女はいまでも幸福な娘であった。

それだけを支えに生きてきたから、絵を描く喜びはいつのときでも変わらない。けれども純粋な喜びは、あるとき一転して苦痛にもなれば絶望にもなる。対象が対象だからか、心を込めて描《えが》くのに反故ばかりがたまって形にならない。焦り、苛立つうちに、そのむかし有休舎からの帰りにも男の顔を写したことを思い出すと、藁《わら》にもすがる思いで探し出した。

まだ稚拙な絵は古い行李《こうり》の底にあって、懐かしさと若さに溢れていたが、気持ちが乱れるばかりで期待したものには出会えなかった。当時といまとでは見る目が違うらしい。知り尽くしていながら、実際に見ることのできない男を描くのは、女の思い入れがあるだけに至難であった。彼女はそれまで信じてきた自分の目を疑った。

「見ないと描けませんか」

男の言葉が実感として伸《の》しかかってくると、不屈の意志も揺らぎはじめた。気を張りつめていながら、さすがに疲れが出た。

しかも気が重くなる出来事が続いた。満足な下絵もできないままに、日にちばかりが過ぎたある朝、紙屋から戻ると、明世はそでのようすがおかしいことに気付いた。いつものように厠へ連れてゆこうとして声をかけると、そでは返事のかわりに気怠《けだる》い眼差しを向けただけであった。明世は一瞬、夏の陽のいたずらかと思ったが、顔が黄ばんでいるし、手もむくんでいる。夜具の裾を捲ってみると、常には皺のよった薄皮のような足首が水でも差したように膨れていた。

「まだ手水は使いたくありません」

そでは言ったが、自力で床の上に身を起こすこともできそうになかった。幾日か前から厠へ行ってもほとんど尿が出ない、と言い、明世に連れていってもらうのも心苦しく思っていたという。

「苦しいのですか」

「まあ、よくはないようですね」

そでは馬鹿に落ち着いていて低く笑った。

「すぐに先生に来てもらいます」

「いいのよ、そんなにあわてなくても……」

明世はためらわずに飛び出したが、医者が往診したのは昼過ぎであった。高齢だが見立てがいいと評判の医者は病人の前では心配はいらないと言ったが、明世には帰りしなに長くても一月の命だろうと告げた。腎の臓が寿命だから、そのうちに体に毒が回り、頭痛や吐気に苦しむだろう。彼は顔色も変えずにそう言って帰っていった。

「医者は気休めを言いましたけど、覚悟はできていますから」

病間へ戻ると、そでは待っていたように話しかけてきた。ときおり苦しい息を継ぎながら、家というものから解放されたことのない自身の生きようを改めてつまらないものだと語った。これから六十年も七十年も生きると思えば長いが、過ぎてしまえば振り返るのに一日といらない。親の言うなり、夫の言うなりに生きてきて、最後だけは気の向くままに生きようとしたが、肝心の自分というものがないのだからどうにもならない。蟬《せみ》の蛻《もぬけ》のような女の上に月日が無為に流れてゆくのは当然だし、人より長く終わりを見つめることになるのも当然だろう。

そではこだわりのない口調で、一生のこだわりに触れていた。病人とも思えない気丈さで、何をしに生まれてきたのだったか、と自身の悔いをあからさまにした。命の終わりに気付いたときには何もかもが手遅れであった。せめて死ぬときくらいは好きな季節を選びたいと思ううちに春は過ぎてしまったように、運がない、と諦め続けてきた人生だった。

「それにしても、つまらない一生でしたね、ほんの少しの気概があれば、まるで違うものになっていたでしょうに、我ながら情けなくなります」
「あのときこうしていたらと思うことは誰にでもございます」
明世は慰めを言いながら、心の中ではそでの言う通りだと思ってい
た。家に振り回されてきたのは彼女も同じだし、そでより自由に生き
てきたとも言えない。女は耐えて当然の世の中であった。
「それはそうでしょうけど、わたくしのように一生丸ごと悔やむよ
うでは話になりません、いくら先の見えた女でもね、夜中に一刻も二
刻も目覚めて、何ひとつ噛みしめるもののない一生を思うのはたまら
ないものです」
そでは天井か宙の一点に目を当てながら、淡々と話している。覚悟
ができているというのは本当だろう、いまになり不思議と肌の合う義

母を感じながら、明世はそでの言うことを医者の宣告よりも重く受けとめていた。

「女にも二通りあるようです、わたくしのように流されるまま何もできずに終わる人と、藁を摑んでも思うほうへ泳ぐ人と……」

その言葉は明世を長い呪縛から解放するかのようであった。

あれはまだ若葉の萌える前であったが、そでは日溜まりの縁側から山吹を眺めながら、女はつまらないわね、一生を男のために振り回されて、と明世に向けて述懐したことがある。

「あなたはいいわねえ、絵があって」

そう言いながら目の端で明世を見ていた。明世はその澄んだ瞳に驚かされて、ひとりの秘め事を見透かされた気がしたものである。少なくとものときから、そでは淡々と自身の終わりを見つめてきたのだった。

相性の悪い嫁に向かって思いの丈を尽くすのも、蛻《もぬけ》のように虚ろな人生の始末のうちなのだろう。言葉は考え抜かれたもので、しみじみと伝わってくる。重い病の口から聞くのはつらいものの、嬉しいことには違いなく、そでの気持ちにこちらも応えなければと思いながら明世は言葉を探していたが、口を衝いて出たのはありふれた感想だった。

「女子は道を決められ、厭でも辛抱するしかありません、それでもときには楽しいことに巡り合います、思い出せないだけで、おかあさまにもそういうときがおありになったのではありませんか」

「ありませんねえ、残念ながら、あれば自分の恥を人に打ち明けたりはしません、何もないからこそ話したいのです」

目には憂いを溜めていながら、そでの声は妙に明るく、雑談でもしているように聞こえた。

「いまからできることはたったひとつ……不幸は重なるというけど、馬島の不幸はわたくしがあの世へ背負ってゆきます、だからあなたは思うようにするといいわ、したいことをして最期を迎えるときまで何かを追い続けられたら、人間は幸せですよ」

明世は哀楽に凍《こご》えて、ぎこちない笑みを浮かべた。内心、長話をさせて病状が急変しまいかと恐れていたのだが、そでは暗い井戸の底から空を見上げるような眩《まぶ》しい表情をしている。彼女はしかと応えなければいけない気持ちになって言った。

「おっしゃる通りにいたします、わたくしのような世間見ずは、いつか身勝手の報いを受けるとしても、絵にすがることでしか生きてゆけません」

「あなたは情が強《こわ》いけど運が悪いから……」

気をつけなさい、と言って、そではようやく目を閉じたが、

「冬の凍るような寒さの中で死ぬのだけは厭でしたが、どうやら間に合いそうです」

そう呟くように言い足して笑ったようだった。

その夜遅く帰宅した林一へ、そでのことをありのままに話すと、彼は険しい顔をして、医者がそう言ったのですか、と聞き返した。うすうす予期していたはずが、血を受けている分だけ、祖母の死を覚悟す

るのにはときがいるらしかった。

「一度、おばあさまとゆっくり話して差し上げなさい」

彼はうなずいたが、朝に出仕して深夜に帰宅する暮らしであったから、すぐにそういうときが持てるかどうかは怪しかった。修理の死後、勤皇派は以前にも増して結集し、若い林一も行動計画の立案に参画している。だが杉野家老が思うように動けず、下のものは議論を戦わすばかりでまとまりがないという。保守派が畳みかけて弾圧しないからいいようなものの、気短なものが路上で口論でもはじめれば、藩論統一どころか家中同士の斬り合いになりかねない。勤皇派の中でさえ意見が対立し、分裂しそうだという。

「光岡さまが亡くなってから、まるで楔《くさび》が抜けたようにばらばらです」

林一はそう言った。人一倍、修理に世話になったから、なおさら喪失を感じるのだろう。そでのことと合わせて、彼は重い溜息をついた。

「いったい、これからどうなるのか」

「聞きたくありません」

明世は嫌悪から、ほとんど反射的に言って林一を睨んだ。彼の口から弱気な言葉を聞くと本当に耳の奥がむずむずし、自分でもかっとなるのが分かった。林一の若さで天下を論じ、藩を変えてゆくのはきついことに違いない。たまに弱音を吐きたくなって当然である。だが、それが望んだ道であって、人に押しつけられたわけではないのだった。勤皇派の内部がどうなっていようと彼女の知ったことではないし、そんなことは男たちが自力でどうにかすればよいことである。自分たちが結束できないことを修理のいないせいにして、後退したなどと息子の口から聞きたくはなかった。それでは仲間のために死んだ男が報われない。

「あなたも勤皇派のひとりなら、黙って志を通したらどうです」

「しかし、わたくしの力では……」

「どうにもならないと思えば本当にどうにもなりません、いまのあなたを見たら光岡さまは何とおっしゃるでしょう」

明世は強く叱ったが、言葉は自身へ向けたものでもあった。

明くる日から、彼女は画室を台所から茶の間へ移して、日中はそこで絵を描き続けた。林一を叱った言葉のままに、彼女自身も男の死と向き合わなければならない。どんなに美しく晴れても出かける気にはならなかった。

　日がな一日、食べることも忘れて狂ったように絵筆を運んでいると、悔いも憂いも消えて、頭が透けてゆくような気になる。一途を超えて没頭するから、後先も見えなくなるのだろう。そでは墨の匂いがすると言って、ときおり首を回しては腫れた顔を歪《ゆが》めて笑った。声が遠く、顔は断末魔のようにも見えるので、あわてて立ってゆくと、苦し紛れに舌を出して笑っているのだった。

「何を描いているのですか」

　そでは幾度も訊ね、大切なものです、と明世も同じ返事を繰り返した。男の顔にどうしても見えてこない線があって構図すら決まらないままであったが、心のどこかで描いてさえいれば本当に狂うことはないのだと思っていた。たった一枚の絵を描くために、これほど反故を拵えたこともないが、何がなんでも描きたいと欲したこともなかった。対象がついこの間まで実在した生身の人間だからか、いまになり男が生きていたときに見落としたものが気になってならない。男の絵が本物になるかどうかは、細部の描《えが》き方ではなく彼女の画家としての目にかかっていた。

一生に一度、夫よりも好きになった男を描けないはずがないと思いながら、彼女はこのさきどんなことになろうとも、二度とこういう絵を描くことはないだろう、とも思っていた。見知らぬ山水を描くなら自分を誤魔化すこともできるが、男の顔には一点の嘘もあってはならない。画家として向き合うことで、明世は男の死を誰よりも澄んだ気持ちで受け入れようとしていた。泣き喚くかわりに一枚の絵を描くことが、男と通わせた心の始末であった。ほかに切り抜ける術《すべ》を知らない。

たっぷりと墨をすり、筆を染めると、彼女は目を光らせて次々と白紙に挑んでいった。思い浮かぶまま懐かしい男の顔を写しながら、一方では会えない人を描く虚しさに沈んでゆくのも女であった。負けまいとして目を剝くと鬼女《きじょ》のようになる顔を彼女は知っていたが、気にかけているゆとりはなかった。鬼でも般若でもかまわない。白紙の上に男を甦らせなければ、それこそ泣き暮らすしかないのだと思いながら、眦《まなじり》を吊り上げ、さして狂気と変わらない孤独の淵をさまよっていた。

あとから思うと、男を描くことに狂っていた月日は、それ以上の充足をどうして得られるだろうかと思うほど無我の境に近付いた日々でもあった。知らず識らず狂気と孤独の狭間《はざま》をさまようちに、明世は男の顔に隠されたものを見た気がしたし、幾度か彼の魂にも触れたと思う瞬間を味わいもした。困難な時代に貧しい武家の次男に生まれた不運も、それを引きずる苦悩も、晩年彼女と分かち合った夢も、勤皇のために命まで投げ出した勇気や運の弱さも、この世に生まれ落ちてから死ぬときまでのすべてが男の正体であった。

苦労して反故の山を築いた挙げ句、何も形にならない絶望を見たとき、意識の底に現われて呼び戻してくれたのも男であった。結局、その姿を思ひ川の堤に佇ませることで、彼女は男の内面を引き出すことに成功したのだった。

結果として、それは前に描いた「丁寧」の娘を立ち上がらせて歩かせるのに似ていた。絵の中の男は思い澄ましているようにも見えるし、思い切れずに立ち淀んでいるようにも見えるが、川はかまわずに流れている。対象との距離をぎりぎりまで近くとり、何物も立ちはだかることのできない空間を作ると、そこには修理にふさわしい穏やかで透明な気配が生まれた。ほかに思いつく言葉もなく「幽人《ゆうじん》」と題した絵には、男の自由さもあてどなさも出ていたから、彼も気に入るだろうと思った。古い着物を洗い張りして裂《きれ》を取り、その手で軸装すると、ありったけの情で男を包み込んだ気がした。あとには夫に死に別れ、生きてゆく気力もない女が抱くような恨みは残らなかった。

さわやかに晴れた日の午後、彼女は平吉を誘って、それを光岡家の菩提寺へ奉納した。季節はもう晩秋に差しかかり、寺の境内は美しく紅葉したあとの落葉の溜まり場になっている。彩色した本画が仕上がったのは、下絵を描きはじめてから三月《みつき》もあとのことであった。

「葦秋先生にもご覧いただくのでした」

無事に奉納して寺を出ると、平吉はそう言ったが、明世はその絵だけは批評や憾悔《かんかい》の対象にはしたくなかったのである。自分ひとりの気がすめばよいことであった。もともと遺族に見せるつもりもなかったが、すでに光岡家は廃絶し、一家はどこかへ越していたから、知られることもないだろうと思った。平吉を誘ったのも、彼に絵を見てもらうというよりは、男の相弟子《あいでし》として墓参し、絵を納めるという世間体を繕うためであった。

「平吉さんは、むかし亡くしたお子さんの絵を先生にお見せしましたか」

「いいえ」

「それと同じことです」

明世はうつむきながら、これで平吉にだけは自分の男への気持ちを伝えたと思った。修理もいつかは打ち明けるつもりでいただろうし、何もかもが秘め事のままで終わるのは淋しい。彼女は顔を上げて、まだ道の片側に続く木立に風が渡ってゆくのを眺めた。いつしか目の覚めるような紅葉が終わり、どっさりと葉を落とすと、寺の杜《もり》は色褪せて、じきに冬であった。

「お蔭さまで、わたくしなりにお別れができた気がいたします」

平吉は困惑した顔で黙っていたが、道の端にまだ紅い葉をつけた楓《かえで》を見ると、風情ですね、と立ち止まって仰いだ。根元を自身の葉で埋めた木立の中で、後《おく》れ馳せに輝いている姿を明世も近しいものを見る心地で眺めた。

「実は光岡さまがお亡くなりになったあと、しばらくしてお屋敷を訪ねました、ずうずうしいとは思いながら、もしも絵が残っていたら譲っていただくつもりでした」

「何かございましたか」

「それが、折よく家財の始末をなさっていたところで裏から中へ入れてもらいましたが、絵はすでに売り払ったということでした、何とか買い手を聞き出してそちらも訪ねてみたのですが、どういうわけか光岡さまの絵は一枚もありませんでした」

取り込みの最中にどこかへ紛れたということも考えられたが、家人はそもそも修理が絵を描くことすら知らないようすだったという。男にも絵にも関心がなかったのだろう。明世はどこか暗い小部屋で墨をする男を思い浮かべた。すると目の前を寒風の吹き抜ける気がして身震いした。

いまさら男の孤独を思いやってもはじまらないが、想うことしかしてやれなかった。こんなことになるなら「五十川」で拝見した葱の絵をもらっておくのだったと平吉は悔やんだが、それも修理は捨てたのである。

「あの絵は捨てたとおっしゃっていました、家に仕舞う場所がなかったのかもしれません」

彼女は言いながら、またぞろ落ち込みそうになる自分に気付いて歩き出した。墓参の帰りに平吉と男の話をするのは自然な成りゆきだったが、ようやく切り替えた気持ちには負担に感じられていた。

彼女が黙ると、平吉も口をつぐんだ。

午後の陽はみるみる移ろうようで頼りない。夏の終わりから家に籠りきりで月日も忘れていたから、落葉の道を歩くのはどこか浦島じみていたし、ひとり物寂《ものさ》びた景色の中に浮いているようでもあった。つらく悲しいだけの日々も、過ぎてしまえば季節が移るのと変わらないが、出口の見えないうちは昼夜の別も弁《わきま》えなかった。絵がなければ荒れた感情の捌《は》け口の見つからないまま、いまも喘いでいたに違いない。

夕暮れには間があるものの、明世は修理との別れを終えた安堵から、その日はもう終わったかのように、ゆったりとした気持ちで歩いていた。杜の木立が切れると道の両側にはぽつぽつと町家が現われはじめ、石屋の門口や仕舞屋《しもたや》の籬《まがき》が見えている。彼女は紙の尽きたことも忘れて、明日からはまた平凡だが丁寧に生きる人々の日常を写そうと前向きに思いはじめていた。

「わたしと戦うことはない」

長い間、髪を振り乱し、悶《もだ》え苦しみながら男の絵を描き上げたとき、彼女は自分の体の中から話しかけてくる男の声を聞いた気がした。声はしみじみと、どこか体の芯から伝わってくる。そうだわ、素《す》を描けばいいのだ、と思った。人も木も草も、それぞれに根をおろし、花をつけ、風に枝を折り、枯れてゆく。あるがままの姿を描くことが自分の絵ではなかろうか。それがはじめて確信した画家の姿勢といってよく、素を描くことでより自然な描写が可能になる気がしたのである。

平吉はしばらく黙っていたが、行く手に人通りが見えてくると、よろしければ有休舎へ寄りませんか、と明るい声をかけてきた。道は石町へ出るところで、そこから有休舎までは家へ帰るよりも遠いが、葦秋に絵のことを報告したいらしい。寄る、という言葉に心の軽さが表われていた。

「今日はもう仕事になりませんから」

という平吉へ、明世は小さく首を振った。葦秋にはひとりで会って話したいことがある。修理のこと、家のこと、そしてこれからのことを話すのに晩秋の午後は短すぎる。

「わたくしはまた別の折にいたします、先生には改めてご相談したいこともございますし」

石町の通りへ出ると、彼らは立ち止まって短い挨拶を交わした。繁華な町は日のあるうちに夕餉の買物をする人で賑わっている。彼女はやはり有休舎へゆくという平吉と別れて、天神町のほうへ向かう人波に紛れていった。

家に着くと、すべきことをし終えた解放感からほっとして茶の間に座り込んだ。夕餉の支度にかかる時分だったが、急ぐこともないのだと思うと腰が上がらない。自分のために茶を淹れるのも億劫《おっくう》な気がして、彼女はしばらく放心していた。

すぐに夕餉を拵えたところで、林一は温かいうちには帰ってこないし、そでもいないのだった。描きたいときに描けず、寛ぎたいときにも寛げなかった窮屈な暮らしの果てに、勝手にしなさいとばかりに転がり込んできたささやかな自由であった。修理のことがあって張りつめていた気持ちが緩むと、こんなときこそきちんとしようと思うのに、熱でもあるかのように体に力が入らない。ぼんやりとするうち、「好きにしなさい」と最期の一念で言った父を思い出したが、相手がいないことには意地の張りようもなかった。

そでは、彼女が精根を尽くして仕上げた男の絵を見ることはなかった。夏が終わり新涼の季節を迎えたある夜、ふっと蠟燭《ろうそく》の炎の消えるように息を引き取ったのである。痛みと息苦しさに悩まされた末の、眠るような死だった。その幾日か前に明世はそでが長い欠伸《あくび》をしたのを見ている。夏の葦戸《よしど》を障子にかえて間もない、まだ日差しのしっかりとした日のことで、障子を開けてやると、そでは外を眺めていたが、やがて腫れて満足に開かない口から、その声を洩らした。

「退屈だわねえ」

掠れた声はそんなふうに聞こえた。欠伸でなければ一生分の悔いを吐き出したに違いない。その日から間もなくやってきたそでの死は、男のときほど応えなかった。壊れるものが壊れ、去るものが去り、あとに残ったのは少女のころよりも頼りない女だったが、気持ちだけは決まっていた。

そでのような一生を送りたくはないし、このさき林一に頼って生きてゆくのも性に合わない。せめて一度は心の趣くままに生きて、いつか死ぬときがきたなら思い返して笑いたい。ずっとそのことを考えてきたから、そでを送り、男の絵を描き上げてしまうと迷いはなくなっていた。

(林一に何と言おう)

彼女は思いながら、そでのいない家の中を見回した。いつか林一が妻帯したなら恐ろしく狭くなる家も、いまは深閑として空家のようでである。家には暮らしただけの愛着を覚えるものの、そでの残した部屋で姑として生きる自分を想像するのは虚しいというよりも苦痛であった。

打ち明けるなら早いほうがいい。明世は思っていたが、日が経つばかりで林一とじっくり話す機会はなかなか訪れなかった。そのころ彼はよく教武場へ出かけて砲術師範の杉野一馬と会っているようだった。杉野一馬は勤皇派の杉野家老の一族で、その手で大砲を鋳造した人でもある。詳しいことは分からないが、林一は大砲のことで密談を重ねているらしかった。

「相変わらず諸国で一揆が起きていますから、われわれも油断はできません、いま百姓に暴れられたら押え切れませんし、御家も長くは持たないでしょう、そうなる前に何とかしたいものです」

あるとき林一が言い、明世は大砲を百姓へ向けるのかと驚いたが、考えてみれば小姓組の林一がすることではなかった。彼はもう勤皇派の馬島林一であって、城勤めは片傍《かたそば》にすぎないようであった。明世はそのことを喜びはしなかったが、嘆かわしいとも思わなかった。季節よりも速く移り変わる時勢の中で、林一は自分の道の端に立ったようだし、案外、変わる時代を手玉にとって生きてゆくかもしれない。そんな気がした。

けれども自分のことを伝えるには、林一は忙しすぎたのである。ひとりの夕餉を済ませ、使い古した画具の手入れをしながら、彼の帰りを待つ夜が続いた。するうち冬が来て、ひとりで過ごす家の中は冷え冷えとした。朝からすることをしてようやく茶の間で寛ぐひととき、不意に修理を思い出してはおろおろとした。急に落ち込んでゆく気分を変えてくれるものは家の中に見当たらなかった。薄暗い座敷から眺める庭は涸《か》れ井戸の底を思わせたし、いまは描くものもない。彼女は矢立てと綴じ紙を持って城下を歩いた。

冬の町は一気に老いたようで痛々しい。木枯らしは見境もなく家々の戸を鳴らし、通りには砂塵を巻き上げてゆく。それでも日に二刻は町屋の眺めを写し、そこに暮らす人の姿を描《えが》いた。どうしてその中に自分がいないのか不思議な気がするが、微妙にからみ合い、もたれ合う暮らしの外にいるのは、世間と馴れ合わずにきた強情な女の宿命かもしれなかった。未だに物を描くことが最上の喜びであり、画家になることが唯一の望みであった。そうして生きてゆけるなら、人並みの幸福から置き去りにされても仕方がないし、女だてらにと笑われてもかまわないと思う。二十年前に父にはうまく言えなかったことを、今度は息子に言うだけのことだと彼女は思いつめていた。

だが林一の帰宅は遅く、ようやくほっとして眠りにつくのへ、現実からかけ離れた女の我儘を話すことはできなかった。かといって朝方、出仕する前に話すのは一日の気がかりを押しつけるようで気がすすまない。喉まで出かかった言葉を呑み込むうちに十月も終わりかけて、早々と雪でも落ちてきそうな冷え込みようであった。

冬の一日は短く、つい写生に夢中になって時を過ごすと、帰るうちにも日が暮れてしまう。少し前には薄日の見えた町は気配が一変し、歩くそばから夕闇が追いかけてくる。すれ違う人の顔も険しく見えて、冬の暮れ方は落ち着かない。

その日も日が落ちてから夕餉の支度をしていると、林一の使いだという男がやってきて、今夜は帰れないだろうから、戸締まりを固くして早く休むようにと言付けを伝えていった。男は足軽らしく、素足に草鞋《わらじ》を履いているのを見ても明世は不思議に思わなかったが、それから一刻ほどが過ぎたころから急に表が騒がしくなったのである。

戸締まりはしたものの、眠る気になれずに数少ない蔵幅《ぞうふく》を広げて眺めていたとき、その音は聞こえてきた。どん、どん、と二度続けて花火を打ち上げたような低い音であった。直後に大勢の人が土を蹴立てて走る音も聞こえてきた。人の気配が遠ざかるのを待って表戸を少し開けてみたが、外には微かな光が漂うだけでよく見えない。ややあって家の前の通りを提灯の灯が近づいてきたかと思うと、たちまち畑の際に篝火《かがりび》が焚かれた。その明かりに槍を手にした二十人ほどの人影が浮かび上がるのを確かめて、明世は戸を閉ざした。

家の前にいるのがどちらの手勢かは分からなかったが、勤皇派か保守派が何らかの行動に出たことは考えるまでもなかった。林一もどこかで鯉口を切ったはずである。彼女は茶の間へ戻り、落ち着かない気持ちのまま広げていた小幅の軸物を眺めた。いつか葦秋にもらった指墨の竹は頼りない灯の下でも冴え冴えとしている。胸騒ぎは抑えられないものの、そうしているといくらかは気が紛れたし、待つしかないことも分かっていた。

やがて夜半を過ぎただろうか、ひとりの家のしじまにも相変わらず外の物騒な気配が伝わってくる。ときおり男の大声がして、どの家でも女たちが怯えながら聞いているはずであった。明世は立っていって仏壇のそでの位牌に手を合わせた。馬島の不幸はあの世へ持ってゆくと言ったそでの心葉《こころば》に、朝まですがるしかないように思われた。

その夜のうちに分かることは何もなかったが、だいぶ時を経てから、明世は二度続けて聞いた花火のような音が大砲であったことに気付いた。すると林一が砲術師範の杉野一馬と頻繁に会っていたことも腑に落ちた気がしたのである。決起したのは勤皇派に違いない、とそのときになって思った。けれども、そう思い当たると余計に無謀なことに思われ、却って不安が膨らんでいった。万が一不首尾に終われば、林一は謀叛《むほん》を起こした人間として処分されるだけだろう。

寒さを凌ぐために夜具へ入ったものの眠れぬままに迎えた明け方、外へ出てみると、通りにいた人影も篝火もなくなっていた。道端に燃えさしの薪と灰だけが残っているのを、やはり眠れずに夜明けを迎えたらしい人々が遠巻きに眺めている。

「いったい何が起きたのでしょう」

顔見知りの女を見つけて訊ねると、どうやら政変のようですよ、という返事だった。女の夫もやはり昨日から帰らず、連絡もないという。集まっているのはそういう人たちで、そこでは明世も異端ではないように、林一も大勢のひとりにすぎないのだった。

そこから見える城は昨日と変わりないように見えたが、中では騒《そう》

擾《じょう》が続いているのかもしれなかった。男たちの安否も分からないまま
にときが過ぎ、城下に執政の交代を知らせる高札が立ったのは四ツ
(午前十時頃)近くであった。保守派の土井蔵人が執政から退き、か
わって勤皇派の杉野監物が筆頭家老となったほか、前執政の更迭《こうてつ》が伝
えられると、小禄の家中の集まる町では粗方《あらかた》の人が政変を支持した。
ともかくも勤皇派の決起は成功したらしいのである。
午後になり、下城の刻を待たずにぽつぽつと帰宅する人が現われは
じめたのを見て、明世は食事の支度をした。米を研ぎ、竈《かまど》に火を熾《おこ》す
だけにして待つうち、林一もいつになく早く帰ってきた。
「ご心配をおかけしましたが、無事に終わりました、死人はひとり
もおりません」

家へ入るなり、彼は興奮気味にそう言った。目には一夜のうちにつけた自信を浮かべて、きりりとしている。

「お腹は空いていませんか」

「いえ、昨夜から炊き出しがありましたから」

「では、熱いお茶を淹れて差し上げましょう」

明世はさっと立っていきながら、ようやく馬島家の上にも幸運な光がそそぐのを感じていた。

茶を淹れて戻る間に、林一は着替えをすませ、彼女は息子に戻ったらしい男の顔をしみじみと眺めた。

「あなたからおばあさまにご報告しなさい」

林一を促して彼のうしろから合掌すると、そでの笑顔が見えるようであった。あと少し長生きしたなら馬島家の再興を見られたかもしれなかったが、明世は長い不遇が終わるよりも、林一が彼自身の将来の扉を開いたことを嬉しく思っていた。

「昨夜の大砲は空砲ですが、あのひとつはわたくしが撃ちました、あれで重職たちもうろたえたようです」

茶の間へ戻ると、彼は前夜のことを中心に事態のあらましを語った。それによると、もう十日も前に幕府が大政奉還を奏請《そうせい》し、朝廷もこれを許したそうで、そのことは修理とともに出郷し、上洛の途中で脱藩した藤野彦九郎《ふじのひこくろう》からの知らせで逸早く杉野家老へ伝わってきた。追うようにして徳川慶喜が将軍職辞任を奉請したと伝えられると、国許の勤皇派は一気に結束し、それまでの情勢は一変したのである。彼らは江戸表から急使が着くのを待って、動揺するであろう重職らの屋敷へ押し入り、勤皇誓約に対する同意と辞職を迫ることを決めたという。それが昨日の決起の顚末で、やってみると城では高圧的な上士たちも屋敷の備えのように脆《もろ》く、思いのほか功を奏したのだった。

「むろんこれですべてが決着したわけではありませんが、少なくとも藩論は統一されたことになります」

「重職を退いた方々がこのまま黙っているでしょうか」

「そのことは杉野さまも考えておられます、とりわけ土井さまは癖ものので油断がなりません、執政の座を追われたとはいえ、まだ十分すぎる力をお持ちですから」

林一は言い、そのあと少したためらってから、いずれ末高の叔父上にも執政から何らかの沙汰があるものと思われます、と付け加えた。状況からして帰一が左遷されても不思議はないが、さすがにはっきりと口にするのは気が咎めたらしい。帰一にも予想できたことだし、仕方がない、と受けとめた明世へ、彼は気を取り直して、

「光岡さまが生きていたら、どんなに喜ばれることか」

と言った。明世はうなずいたきり自分の手を眺めていた。修理のことを思うのは正直なところつらかったし、それとは別に心の中にあるもうひとつの思いをどうして言い出そうかと考えていた。

「このようなときにどうかと思いますが、わたくしにもお話ししておきたいことがございます、母の大事ですので聞いてもらえますか」

久し振りにともにした夕餉のあとになって、明世はそう切り出した。

大役を果たしてほっとしている林一を驚かすのは酷な気がしたが、彼女にしても持ち続けた末のことであった。気持ちはもう変えようがないし、言わずにもいられない。それなのに声が少し震えていた。

「何事でしょう」

林一は彼女の強張った表情から、それが楽しい話ではないと察したらしい。改まって言葉を待たれると、二人きりの茶の間が急に逃げ場のない袋小路に思われ、明世は太息《ふといき》をついたが、思い切って言うしかないのだった。

実はずっと前から考えてきたことがある、と彼女は言葉を選びながら話した。それはあなたが生まれる前の、いまから二十年より前のことで、そのころから本当は画家になりたいと思い続けてきた。正直に言えば結婚もしたくなかったし、家を出たくもなかったが、父母には聞き入れられなかった。世間の仕来りからみれば年頃の女子が嫁ぐのは当たり前で、画家になるのは当たり前ではなかった。それはいまも変わらないだろう。

しかし自分は結婚して家を出たし、嫁としてできることもしてきた。絵がすべてだった娘にとっては十分に長い歳月だし、その間、思うように描けなかったことが悔やまれてならない。それだけでも世間への義理は果たしたと思う。父から夫、夫からそでへと自分を縛る世間は変わったが、彼らはもういない。しかも最期にきて父は「好きにしなさい」と言い、そでは「思うようにするといいわ」と言ってくれた。我執《がしゅう》から解放された人の本音だろう。世間のほうが折れた気がした。

心の頼りにしていた光岡さまが亡くなられたとき、なぜ人のために死ぬのかと恨んだが、考えてみれば狭い世間の倫理に縛られ、自我を失っていたのは自分のほうであった。光岡さまが生きていたら、もう自由になって絵を描けばいい、きっとそう言うに違いない。いまそうしなければ、またいつか悔やむことになるだろうし、もう無駄にできるときもない。どうしてこうも強情なのか自分でも分からないが、絵のほかに情熱を傾けたいと思うものもない。向こう見ずでもそれが自分の幸福だから、これからは絵とともに自由に生きてみたい。彼女は吐き出すように言って林一を見た。

冷えてきた茶の間で飲みさしの茶に目を当てながら、彼は唐突な母の物言いを理解しようとしている。そでとの確執を見てきた彼には、母はもう自由に見えるのかもしれない。ぼんやりとした瞳に大事が通じたとも思えず、明世は足りない言葉を探した。

「ひとりで思いきり描いてみたいのです、そのためには本当にひとりにならなければなりません」

だが、その言葉も林一には通じなかったようである。彼はしばらく考えてから、

「わたくしに異存はありません」

そう言って、ぎこちない笑みを浮かべた。

「母上が絵を描くのは本分でしょうし、もうこの家にとめるものはおりません」

「そういうことではないのです」

彼女の声は自然に震えた。わたくしの望みは家を出て、国も出て、ひとりで生きてゆくことだと言いかけて、言葉がつかえた。そんな勝手を許す息子はいないだろうし、親子の縁を切るのかと目を剥かれても仕方がなかった。しかしそれも分かっていたことである。二十年前にも同じことをして、父に殴られたときから不本意な暮らしを続けてきた。それまで生きた歳月よりも長い歳月がゆき、いったい何が残っただろう。もし林一が世間の仕来りを言うなら、今度こそ戦わなければならない。うつむいた彼女の顔は熱くなっていた。

「江戸へ出ようと思います、そこで絵を学び、ひとりの生き方を学んで、残りの一生を絵とともに生きるつもりです、それがわたくしの大事です」

やがて目の色を変え、一気にそう言ったが、林一は口を結んで応えなかった。母の我儘に呆れたのか、母を失う淋しさにうろたえたのか分からない。いずれにしても若い彼には手遅れの話に聞こえたのだろう、母でなくても十六の男にとって三十八の女は若いとは言えない。

「これからというときに、なぜです」

彼は昨日からの充足も忘れて、自分だけがよければいいのかと非難の目を向けてきた。零落を知るからこそ、彼なりに積み重ねてきた苦労の先には夢があり、そこには母がいて当然だと思っていたという。分からないではないが明世にも譲れない生き方があって、もう窮屈な暮らしには馴染めないところまできていた。絵があればどうにでも生きてゆけるが、人の思う幸福には不向きであった。広い世界へゆくのは娘のころからの夢であったし、四十を前にしてもそれは変わらなかった。

修理がそばにいたならいくらでも待てたかもしれないことが、いまは一日も無駄にできない気がする。二人で夢み、交わした約束を果たさなければならない。絵を諦めて、このさきどうして生きてゆけるだろう。どこへでも修理の霊がついてくるから、恐れることはないのだと思う。

「わたくしにとり家は長い間の重荷でしたから、仮にあなたが出世して屋敷に暮らせるようになったとしても落ち着かないでしょう」

彼女は心のありのままを言った。

「いずれあなたも嫁を迎えることになるでしょうし、そうなればぁなたたちにはあなたたちの望む暮らしが生まれます、そこでよい姑を演じて何になりますす」

「女子が母になり、やがて姑になるのがいけませんか、そうして家族をつくり、寄り添いながら生きてゆくのが人でしょう」

「ですから、そういう暮らしはわたくしには不向きだと申しております」

言ったが、林一は受け入れそうにない。ひとりで生きてゆくのに覚悟がいるのは若い彼のほうかもしれなかった。

「描こうと思えば絵はどこにいても描けます、有休舎の先生がそうですし、何も江戸へゆくことはありません」

話すうちに彼はときおり幼い声になり、無意識にまだ一人前とは言えない自分を訴えてくる。息子の未熟な半面へ切り込むのは卑劣だと思いながらも、明世はひとりの男を見る目で撥ねつけた。

「一国の大事を云々する人が自分ひとりのことも覚束《おぼつか》ないのですか、天子さまに笑われますよ」

林一はそれには答えなかった。かわりにきつく噛んだ唇を開いて、絵のために親子の縁まで切るのかと言った。そう思うならそれでいい、どの道これからはひとりなのだから、と明世は思った。

「二十年もかけて決めたことです」

「それでも間違っていたらどうします、だいいち女子の出府は禁じられております、それにいま江戸へ出たら、どのような異変に巻き込まれるか知れません、いずれ薩摩か長州が討幕の兵を挙げるでしょうし、そうなれば江戸は戦場《いくさば》になります」

「かまいません、家の中で息を殺して暮らすよりましです」

皮肉なことに林一に向かってきつい言葉を投げる度に、彼女は少しずつ若い自分を取り戻す気がしていた。

誰のためでもなく、よいか悪いかでもなく、ひとりになって少女のころのように無心に絵を描きたい。そんなことを言えば人は笑うだろう。いまさら江戸へ出てどうなる、と何年か前の自分なら思いつめる前に諦めていたに違いない。病の姑がいて、子は文字通り子供であった。

林一がいまでも母の手を必要としているとしたら半分は甘えだろうし、ただそばにいてやることが彼のためになるとも思えない。子のために食事を作り、留守を守るだけでは生きてゆけない女だから、このまま二人で暮らしても、いずれ爆《は》ぜることは分かり切っていた。そうなってからでは余計に深い傷を残すだけだろう。

「関宿《せきやど》に叔父がいます、父の弟で末高主鈴《しゅれい》という御方です、そこへ養女にまいります、そこから江戸へ発たせていただくつもりで、もうそのようにお願いしてあります」

思い切って告げると、肩の荷の下りる心地がした。声の震えはやんで、言葉はあとから静かに溢れてきた。同時に二十年の澱《おり》が吐き出されてゆくのを感じながら、彼女はどうしても許せないなら母は死んだと思ってください、とまで言った。

日頃のつつしみをかなぐり捨てた母に林一は呆れたが、異端である明世はもちろん、そういう母を持つ彼も世の人と等し並みではいられないのだった。このさきずっと母を恨んで生きるか、母は母と割り切るか、彼も選ばなければならない。果たして彼は翻意《ほんい》を促したが、それも明世の捨身を助長したにすぎなかった。

「わたくしは絵を描くことでしか生きてゆけません、そのために失うものがあっても仕方がないと思っています」

「母上はそれでいいでしょうが……」

「たとえ脱け殻のような親でも、ともに暮らすほうがましですか、わたくしは御免です」

声ほど醒めきれない目で息子を見つめながら、明世は言うだけのことは言ったと思った。林一は言葉を失い、話の途切れた部屋には冷え切った夜気が忍び込んでくる。

しばらく彼は溜息を繰り返し、やがて自分の気持ちと戦いはじめたようであった。

「どう生きたところでわたくしの一生です、あなたはあなたの一生を生きなさい」

彼女は願いを込めて言ったが、林一が母をひとりの人間として理解するのは遠い先のことかもしれなかった。絵があれば生きられると思うのも事実なら、林一を苦しめる分だけ孤独を背負うことになるのも自明のことであった。

冬の移ろいは遅いようで案外早い。日短《ひみじか》の一日は早く過ぎるのに、その積み重ねを長く感じるのは季節の色が淋しいせいだろう。霜月《しもつき》の終わりに雪がちらつき、寒さも一段と厳しくなるだろうと思ううちに師走も半ばにきていた。

妙なことに、月が変わると冬にしては明るい陽の射す日が続いた。城下の日溜まりや林の際に見かける梅は蕾《つぼみ》をつけて、寒風の中でも嬉々としているかに見える。日照の加減だろうか早いものは白い花弁を開き、そこだけ一足先に春の巡ってきたような華やかな姿が眺められた。

叔父の末高主鈴から吉報が届いた翌日、明世はようやく有休舎に足を向けた。彼女を養女にすることも、江戸へ発たせることも、叔父は快く承知してくれたのである。言葉を尽くして頼んだとはいえ、叔父というだけで行き来のない人であったから、こちらの情熱が通じたとしか思えない。願いが叶い、ほっとする間もなく、彼女は腰を上げたが、葦秋に報告するのは少し気が重かった。修理が死んだために決心したのではないかと思われても仕方のないことである。だが、きっかけはそうでも、夢はむかしと変わらない。葦秋にだけは無謀なことをするとは思われたくなかった。ほかに生き方を知らない女の執着や、少女のころと少しも変わらない情熱を分かってほしいと思う。

思ひ川の堤へ出ると、冬枯れの岸辺は荒涼として枯れ色に包まれていたが、午後の川は案外に明るかった。水嵩が減り、細い中洲が見えているせいかもしれない。秋のころの暗く深い印象はなく、流れはどこかさらさらとしている。この道をあと幾度歩けるだろうかと思いながら、彼女は人影のない堤にしばらく佇んでいた。

　これから世の中はどうなるのかと思うが、いまは自分のことで頭が一杯で、正直なところ国のことまでは考えられない。江戸は危ない、と誰もが言うが、住み馴れた故郷だから無事ということもないのだった。その後、薩摩が兵を率いて上洛し、長州も摂津へ上陸したという。朝廷が王政復古の号令を発して幕府は本当になくなってしまったらしい。だが、それがどうした、という気がしないでもない。もともと女子は狭い世界に生きてきたのだし、誰が天下を治めようと家の中までは変わらない気がする。一度そこから出なければ生き方は変えようがなく、修理のような男が増えなければ理解もされないだろう。彼女はもう世の中がどうなろうと自分の思う道をすすむことしか考えていなかった。

それでも感傷的になるのは、失うものへの愛着が深いためであった。少女のころから幾度歩いたか知れない道とも遠からず別れがくると思うと、胸をしめつけられる気がする。雨のあとの水溜まりも、避けて通る足場も、自然に覚えてしまうほど親しんできたから、そこに立つだけで歳月の流れが浮かんでくる。いつだったか、しげと二人で佇み、川を遡る小舟を眺めたことがあった。水の流れがどこからきてどこへゆくのか、しげも彼女も知らなかったが、いずれはその目で見られるだろうと思った。まだ世間を知らない娘の甘い考えであったと、いまだから思うが、あれから巡り巡って来るところまで来てしまえば、自分を恃《たの》むしかないのも女子であった。

（過ぎたことは仕方がないのだし……）

物思いに沈みかけた気持ちを励ましながら、彼女はひとりの道を歩いていった。

有休舎の玄関に立つと、寧の話し声が聞こえて気後れしたが、思い切って声をかけた。寧と会うのも、人との別れのはじめであった。

「明世さま」

すぐに玄関へ出てきた寧は、少し驚いたようすで彼女の顔を眺めた。夏に天神町の家へ修理の死を知らせにきたとき、女子同士でつい感情的になった。そのとき、たしなみも忘れて逆上しそうになった顔を覚えているのだろう。明世は微笑みながら無沙汰の挨拶をした。

「どうぞ、お上がりくださいまし」

と寧も安堵した顔ですすめた。障子戸を閉め切った家の中は外よりも暗く、板の間はひんやりとしている。明世は画室の手前に座って、そこから丁寧に挨拶した。いつ見ても懐かしい場所に思える画室には葦秋が座っていた。痩せたままで少し老けたように見えるが、目が笑っている。

「挨拶はいいから、お入り」

彼は優しい声で言い、明世が中へ入って座るまでの仕草を眺めた。そうして弟子の一人ひとりを迎えては送り出す。画塾という傍目《はため》にはつましい営みの中で、彼はきりのない世界に暮らしているのかもしれなかった。彼女は不義理をしながら今日まで支えてくれた師の顔を仰いだ。

そのむかし結婚が決まって絵の道を断念したとき、合わせる顔もなくて逃げたが、今日は言うためにきた。絵のために師とも別れることになるのは皮肉だが、葦秋なら分かるに違いない。絵を描かない自分は自分でないし、絵とともに生き、墨がすり減るように死ねたら本望である。それが少女のときから枯れることのなかった情熱であった。

寧が茶を出して下がると、二人きりの画室に好きな匂いの籠る気がした。古びた毛氈と墨の匂いが織りなす独特の気配の中にいると、それだけで守られている気がする。匂いはそこにいる葦秋のもののようにも感じられて、巣籠りとはこういう居心地をいうのかと思った。

「よく来たね」

葦秋は改めて言い、その後どうしているかと案じていたと話した。寧を知らせにやったあと、彼自身も実兄の岡村多志摩を訪ねて修理のことを訊ねたが、詳しいことは分からずじまいだったという。それはいまも変わらない。いずれ修理と行動をともにし、生き延びた二人が帰藩すれば分かることだが、われわれには気休めにしかならないだろう、とも言った。

「しかし、あれから御家の情勢は転変したと聞いている、今度の政変では林一どのも働かれたそうだね」

「はい」

「光岡もただ命を落としたわけではないらしい」

「わたくしもそう思うことにしております」

明世は話しながら、葦秋と目が合うと不意に涙が溢れてくるのを感じて声をつまらせた。きつく口を結んでこらえたものの、一度溢れた涙はあとからあとから流れてくる。彼女はあわてて懐紙を取り出して拭った。あのあと散々苦しんだ果てに心の隅へ押しやった思いが、どうして葦秋に会った途端に甦るのか分からない。うろたえると涙は余計に流れて見苦しかった。

「お許しくださいまし」

「遠慮はいらない、これまでよく辛抱したね」

改めてそう言われると、見栄も意地の張りようもなく慰められた。彼の前では肉親といるよりも素直になれることが、いまさらながら不思議で、頼りないはずの人と人とのつながりに確かさを覚える。

「これからは林一どのが支えてくれるだろう」

「いいえ、それはできません」

「できない？」

「この度、他国の叔父のところへ養女にまいることになりました、急なことで支度もかまえませんが、そこから江戸へ出ようと思います」

思い切って告げると、かろうじて踏み締めていた足場が崩れたように、あとのない気がした。勝手なことばかりして悪い弟子です。驚いた葦秋へ、彼女は泣きながら、そう言った。

「先生にご相談してから決めようとも思いましたが、これからは自分のことは自分で決めなければなりません」

我儘な弟子の言葉に葦秋は黙っている。十八年振りに戻った弟子が、どうしてかまた離れてゆくのを師弟の不幸に思うのだろう。修理が去り、彼女が去れば、師のもとを訪ねる古い弟子は平吉ひとりになるかもしれない。そうして弟子をなくしてゆく画家の寂しさに思い至らないわけではないが、明世にも安穏な前途があるわけではなかった。彼女は濡れた瞳を上げて、声を絞った。

「林一も、向こう見ずなことをすると呆れております、ですが、いまの暮らしを続けることが一生の大事とも思えません、わたくしのような女は子や孫にも忘れられ、いつかひとりで死ぬのも業のような気がいたします」

「そうか、それで江戸へね」

葦秋は吐息をついて、ようやくそう言った。

「しかし、よく決心したね」

「絵を学び、絵に寄りすがるよりほかにできることもございません」

明世はいつのころからか思い続けてきたことを口にした。十代で南画に出会い、葦秋に出会ったときから、それは決まっていたように思う。世間という拒み切れない魔物に翻弄されて回り道をしただけで、心から馴れ合うことはなかった。ひとりの画家として町や町に生きる人を描くときだけ、世間は親しみやすい穏やかなものとして映った。そこへ身を置くと世間のほうが色褪せてしまい、生きることまで虚しく思えた。絵を描いてさえいれば幸せな女にとって、描かせない世間は魔物でしかない。それなら、本当にひとりになって世間を描けばいいと思った。そう話すうちに涙はやんでいた。

「わたしの教え方がまずかったのかもしれない」

葦秋は言ったが、江戸へゆくなとは言わなかった。彼女はそれを師の許しと受けとめた。

「そう決めたことなら、何か餞別《せんべつ》を考えよう」

「そのようなことはどうか……」

「江戸の落ち着き先は決まっているのか」

「いいえ」

すると彼は少し考えてから、不意に思い立ったように巻紙に何かをしたためてよこした。

「上野《うえの》の摩利支天《まりしてん》横町というところに墨吐烟雲楼《ぼくとえんうんろう》という画塾がある、

そこにわたしの知人でせつという人がいるから訪ねてみるといい、きっと力になってくれるはずだ」

手渡された紙にある下谷広小路《したやひろこうじ》東、上野町《うえのまち》二丁目という地名も画塾も知らなかったが、明世はあてどない旅路にも日差しのそそぐ気がした。

「せつさまと申されますと、やはり女子ですか」

葦秋はうなずき、歳は明世よりも七つか八つ下だが、意志の強い聡明な人だと語った。

「号を晴湖《せいこ》といって豪放な絵を描く、出立の日が決まったら、わたしから手紙を出しておこう」

「恐れ入ります」

彼女は心底から頭を下げた。見知らぬ土地にも葦秋につながる人のいることを思うと、それだけで心丈夫だった。養子縁組はすでに藩へ届けて家老の内諾も得ていたから、あとは形式的な許可を待つだけである。林一も納得したと話すと、葦秋は時のないことを察して淋しげな表情をした。

「まさか年内にということはないだろうね」

「そのつもりでおります」

彼女が短く意地をこめて言うのへ、それはまた忙しない、と溜息をついた。

「聞けば将軍はすでに京を退去したという、わたしの耳に入るくらいだから、江戸はさぞかし騒がしいだろう、いま少しようすをみてはどうか」

「いいえ、もう決めたことでございますから」

と明世は言って拳を握りしめた。そのときになって葦秋の目が濡れているのに気付いた。案ずる言葉の裏で、彼も別れの支度をはじめたようであった。

「光岡の絵を寺に奉納したそうだね、そのうち見にゆこうと思うが、かまわないね」

「はい」

「その前に平吉と二人でくるといい、何もないが送る宴をしよう」

「ありがとうございます」

彼女は帰るときを知り、思いの籠る画室を目に焼き付けた。葦秋はもう一度顔を見せるようにと繰り返し、はい、と彼女も答えたが、どうなるか分からない。暇《いとま》を告げると、彼は寧を呼び、そこまで送ろうと言った。

外へ出ると日は暮れかけていて、思ひ川には小波《さざなみ》が立っていた。彼女はさりげなく寧にも別れを告げた。堤の道をしばらく歩いて振り返ると、まだ立っている二つの影が見えて深々と辞儀をした。薄い光の中に寄り添う影は頼りなげに見えたが、それこそ修理と夢見た自分たちの姿であった。夕風が川面を撫でて凍るように冷たい。どこへゆこうと葦秋の弟子には違いないのだと思いながら、彼女は踵《きびす》を返してひとりの道を歩いていった。

天神町の家へ平吉が訪ねてきたのは、それから三日後のことである。

こちらから訪ねようと思いながら、つい気後れがして、ためらううちに二日が過ぎてしまった。立て続けに人との別れを味わう気にはなれなかったからだが、残された日は数えるほどであった。

「昨日、先生から伺いました、それにしてもよく思い切ったものです」

彼は興奮気味にそう言った。月に一度、二十余年も師のもとへ通い続ける男の誠実さにはかなわない。明世は胸の中で思ったが、そういう平吉が好きであった。熱い茶を淹れて茶の間に向かい合うと、彼は自分のことのように目を光らせて、いつになく感情の溢れる話し方をした。

「わたしにはとても真似のできないことです、このようなときに江戸へ出るだけでも大変なことですから」

「思慮のなさに先生も呆れておられたでしょう」

平吉は真顔で首を振り、葦秋も寧も心から案じているし、呆れるなどということはない、と言った。それどころか葦秋は彼女の変わらない情熱に触れ、画家として目の覚める思いがしたと言っている。名声とは無縁にひとつところに生きて蘊奥《うんのう》を究めるのも画家なら、広い世界を闊歩して現実を描くのも画家だろう。師の言葉を平吉も昨夜遅くまで考えてみたが、たとえひとりの身でも自分にはできないと観念したという。

「それは平吉さんに蒔絵というもうひとつの宝があるからでしょう」

明世は自分に絵があることを幸せに思うし、いつか平吉にもらった矢立てがあるから、ひとりの旅路も心強いと話した。決して世辞でもなければ強がりでもなかった。本当に矢立てと紙さえあれば彼女の一日は満たされるし、三日や五日の旅なら淋しく思うこともないはずである。行くさきに晴湖という女子の先達が待つのも、いまは大きな心の支えであった。世の中には自分と同じように深遠な美の世界に魅せられ、絵筆をとらずにはいられない人がいる。どういう境涯の人かは知らないが、人間に種類があるなら、きっと同じものを大切にする人だろうと思った。

「それに修理さまとの約束もございますし」

彼女は平吉の気持ちに応えようとして、修理と密かに会っていたことを打ち明けた。今日別れる人に改めて口にすべきことではなかったが、彼との間でうやむやにしておくのも心残りであった。

いつか葦秋夫妻のように自由になって、二人で絵を描いて暮らそう。そう言っていた男は死んでしまったが、約束を反故にはできない。どこへゆこうと彼の霊がついてきてくれれば二人も同然である。明世は話しながら、本当にそうなればいいと思った。絵を捨てられないように、男のことは大切な傷として抱えてゆくだろうし、忘れられる日がくるとは思えなかった。だから、これからは修理がそばにいるつもりで絵を描く。絵の中に彼の声は聞こえてくるし、反発もするだろう。そうして一枚の絵に二人の魂をこめてゆけたら、絵の表情も深さも変わるに違いない。打ち込めるだけ打ち込んで、驚くほど生き生きとした本物の絵を描きたい。いまはそれだけが望みだった。

「打ち明けてほっといたしました、修理さまのことで平吉さんに隠し事をするのは自分を欺《あざむ》くようでつらいだけですから」

平吉は素直に受けとめて、明世の気持ちも修理の気持ちもよく分かる、と言った。長い間、間近に二人を見てきたから驚きはしないが、彼にとり有休舎で出会ったころの二人の印象が最も強烈だという。あのころ修理は武家といっても平吉よりも貧しく、明世は高嶺《たかね》の花であった。正直なところ、身分の違う二人にどういう口のきき方をすればよいのか分からなかったが、いまでは無性に話したくなるときがある。絵が等しく三人を結びつけているのだろう、と彼は言った。

「これからもその縁は切れないでしょうね」

「それにしても江戸が遠くなる気がします、ますます物騒になるでしょうから気をつけませんと」

「そういたします、ですが、故郷だから無事ということもないでしょう、女子が自分の一生を生きるのはどこにいてもむつかしいでしょうし」

彼女の言う意味を平吉は修理の死と思い合わせたようである。死ぬほどの情熱があるなら命を燃やすほうがいい、と葦秋も話していたと伝えた。

「いくら光岡さまでも命の修理まではできません」

「生きて別れるほうがまだ幸せでしょうか」

明世はあったかもしれない別れを思ったが、それはそれでつらいだろうと思った。話の合間に茶を淹れ直し、しばらく昔話をしてから、平吉は名残惜しそうに帰っていった。まだ昼前の明るいときで、寒さは変わらないが空は晴れている。平吉を見送ったまま玄関に佇みながら、彼女はいっそのこと今日のうちに末高へゆき、母のいせとも別れを済ませてこようかと思いはじめていた。

昼過ぎ、彼女は滅多に着ることのない紺の紬《つむぎ》に浅葱《あさぎ》の帯をしめて出かけた。着物は馬島へ嫁入るときに母が誂《あつら》えてくれたもので、着る気になれないままに簞笥に寝かせてきたが、いせに会おうと決めると急に思い出した。遠目には紺無地に見えるほど細い浅葱の縞が織り出された紬は、袖を通すと待っていたとばかりに体に馴染んだ。あまりに地味でとても着こなせない、と若いころは怯《ひる》んだものが、皮肉なことにいまでは歳のほうが間に合わない気がする。いせに見せるのもはじめてのことで、彼女は白壁町へ向かいながら、母は覚えているだろうかと思った。

　末高の当主とは二代にわたりもめることになってしまい、藩政の上でも右と左に分かれてきたから、こんなことでもなければ年の瀬に白壁町の屋敷を訪ねることはなかっただろう。帰る度に気が重く、心から寛ぐこともなかったが、これが最後の里帰りであった。

　いつ来ても門をくぐるのをためらうが、その日はさらに気力がいった。子供のころから幾度歩いたか知れない通りをすすみ、門前に立つと、拒むものを感じて太息をついた。政変のあと帰一がどういう立場にあるのか、彼女は詳しく知らなかったが、気のせいか屋敷までが沈んで見える。零落という言葉が脳裡をかすめ、門のうちに暗いものを感じるのは仕方のないことであった。

「帰一はおりますか」

「いいえ、旦那さまはお城でございます」

門番に声をかけて小門をくぐると、彼女は遠い玄関まで続く前庭を眺めた。手入れの行き届いた庭は隅々までが帰一の好みで、冬でも青々としている。あまりに整然と調えられているのが瑕《きず》といえば瑕であった。まるで主人のように融通がきかない、そう思いながら玄関まで歩いた。案内をした小者が来客を告げて待つうち、応対に現われたのは弟嫁のまきであった。

「旦那さまは留守にしております、何か火急の御用でしょうか」

まきは、上がれ、とも言わなかった。久し振りに訪ねてきた義姉に向かい、しかつめ顔をして目には冷たい怒りを溜めている。林一が末高に逆らい、敵として働いたことを恨みに思うのだろう。

「母に話があってまいりました、よろしいでしょうか」

明世は言いながら、これではいせが引きとめても長居はできないだろうと思った。

もともとこちらが押しかけてきたのだし、まきにも言い分があるはずであったが、今日は争うためにきたのではなかった。明世は許しを待ちながら、まきの葛藤に震える唇を眺めた。どうしてこうも女は家のことで苦しむのかと思う。これが最後ですから、そう言いかけて彼女も口を結んだ。

半分は帰一の指図でしたことなのか、出会い頭にきつい言葉を浴びせたものの、まきは実母に会いたいという明世の来意まで拒むことはしなかった。彼女は女中のしげを呼び、あとを任せて屋敷のどこかへ去っていった。

「前もってお知らせにならずに、よろしうございました」

しげはそれとなく家の空気を伝えた。来ると知っていたら、まきも相応に構えて、追い返されていたかもしれない。帰一にも当主の意地があるのだろうが、小さな面目にこだわる彼にこれから何ができるだろうかと明世は疑った。面目というなら若輩の林一を恨むのは筋違いだし、仮に林一が従っていたところで負けは負けだろう。

いせは部屋にいて、爪の手入れをしていた。

「ご無沙汰しております、いきなり現われてお邪魔でしたでしょうか」

明け透けな挨拶にいせは薄笑いを浮かべて、

「まきに何か言われましたか」

と言った。明世は曖昧にうつむくことで答えたが、いせの前でまきを庇うのもおかしなことであった。しげは茶を淹れに下がっていった。

「帰一はどうしておりますか」

「だいぶ萎《しお》れております、当主がいつまでも気が小さくて困ります、ところで、その紬、懐かしいですね」

いせは目敏《めざと》く気付いて熱心に目を当てながら、まだ持っていたのかと訊ねた。あれから一度も見ないので、捨てたか掛軸に化けたと思っていたという。たしかに未練のわかない着物は紙や顔料に化けたが、これを捨てられるほどの甲斐性はないと明世は答えた。

「あなたは好きなものと厭なものとが、はっきりしてるから」

皮肉とも揶揄《やゆ》ともつかない言葉は、今日の明世の胸に重くこたえた。

しばらく母と紬を眺めながら、心ばかりの晴れ着がいせの悔いにつながらないことを祈った。母との別れのために母のくれた着物を着てきたのは迂闊であった。そう気付くと彼女は怯《ひる》みそうになる気持ちを抑えて、しげが茶を運んできたのを潮に話題を変えた。

「その後、執政から何か沙汰がございましたか」

しげが去るのを待って訊ねると、

「帰一が言うには、お役目はどうなるか分からないが、家禄は減らされずに済みそうだということです、当てにならない話ですが」

といせは答えた。保守派には厳しい処分があると聞いていたが、母の話では零落というほどの苦しい前途が待つわけではないらしかった。

「もっともお役御免ということになれば、いついかなる役につけるかは執政の胸三寸によることになります、帰一の歳で無役となると、そのうち家禄も減らされ、屋敷も明け渡すことになるでしょうね」

「当てにならないと言えば何も当てになりません、無闇に案じてもはじまらないでしょう」

いせは気休めには応じず、

「馬島のほうはどうなりましたか」

と問い返した。林一も働いて勤皇派の執政が誕生したのだから、そろそろ家禄が旧に復してもおかしくないが、それらしいことを明世は聞いていなかった。何かしら褒賞《ほうしょう》に近い処遇があるとしても、藩の問題を解決するのがさきで遅れているのだろう。林一は多くを語らない。

「いずれにしても林一が考えてきちんとするでしょう、あの子は家のことよりも大きな問題を見つめていますし、一年後にどうなっているか分からないことも知っていますから、一族のことで帰一と争うつもりもないでしょう」

「僻《ひが》むだけの帰一とは器が違うようですね」

いせは情けなさを笑いに紛らした。母と娘の間を行き交う思いは、まきの気持ちでもあろうかと明世は思い合わせた。夫に従うしかないのが妻であったから、気儘に姑のいせと思いを分け合うこともできないのかもしれない。いまだからいせとは本音で語り合えるが、実の母娘でさえ同じ家に暮らしたころは父の目を恐れたものである。彼女はそういうものとも別れて望むことに専念できる自分を幸せに思いながら、自然と今日の目的に触れていた。

「女子も自分を持ちませんと男とともに時勢に呑まれるばかりです、せめてこれだけは曲げられないというものがなくては、何をすべきなのか判断もつきません」

「若いうちにそう教えられていたらねえ」

思いがけずいせの口から悔いが洩れると、明世は心を据えて、急に訪ねてきたわけを話した。

「実はお許しいただきたいことがございます」

改まり、言うべきことは二十余年前と同じであったが、いせは老いて親の力をなくし、明世は他家の人であった。それでも許しを請うのは叔父の末高主鈴の力を借りるからで、いせや帰一と無縁の話ではなかった。

どうでも絵の道をすすみたい。むかしと変わらない思いを彼女は別の言い方をした。

「あれから二十年を馬島で暮らし、夫の最期を看取り、舅を看取り、姑も看取りました、どうにか林一も一人前に育ちましたし、これからは自分のために生きてみたいと思います」

口にすると平凡な苦労に聞こえたが、結婚を望まなかった娘にとって二十年の成りゆきは短いとは言えない。むろん逃げ出すことは許されなかったし、絵を描くことも理解されない窮屈で虚しい日々を積み重ねてきた。家族に理解されない苦しみ、情熱を使い切れない苦しみは、正直貧しさよりもつらく、馴れ合うことにもすぐに限界がきた。女盛りというよりは人としての盛りのときを無為に過ごした罰は絵に表われて、あるとき生気のなさに気付いて愕然とした。失った月日のように若く荒々しい感性は取り戻せないとしても、ありがたいことに絵はそれだけではないから、やり直したい。情熱を伝える言葉は自然に溢れてきた。

二十年の重さはいせの悔いでもあったから、彼女は胸を衝かれたように黙っていた。

「幸い、林一も承知してくれましたし、やり直すだけの月日も情熱も残っております、画家として立ちゆけるかどうか、それは分かりませんが、試してみないわけにはまいりません」

そのために、いせには義弟にあたる末高主鈴のもとへ養女にゆくことになるが、それも便宜上のことだと彼女は話した。

「近々、国を発ち、叔父のもとから江戸へまいります、苗字もまた末高に戻ることですし、これからは末高清秋として生きてゆくつもりです、絵があればひとりでも淋しくはありません、そういう娘だと思ってお許しくださいまし」

「許すも何も、もう決めたことでしょう」

いせは凍りついた表情でそう言った。

「それでは今日が今生《こんじょう》の別れではありませんか」

返答のしようもなく目を伏せた娘へ、

「あなたという人は……」

いせは言ったが、茫然として無言のときを過ごすうちにも思い直しはじめたようであった。

「親とも子とも別れて……それほど絵が好きですか」

やがていせは呟いて、季節外れの紬に身を包んだ娘の姿をしみじみと眺めた。親に見せるために真冬には寒かろう単《ひとえ》を着てきた娘の、人目もかまわない奔放さに呆れたかして、彼女は吐息をついた。いせにも取り戻せないものがあって、紬はそのことを思い出させたらしい。

「二十年も経ってから、またとめるわけにもゆきませんね」

といせは言った。ほかに行き場のない娘の情熱を彼女はようやく認めたのである。戸惑う母も、寛容な母も、同じ人であった。明世はほろ苦い喜びを味わいながら、ときとともに母の心も安らぐことを祈った。

「これで叔父さまにも嘘をつかずにすみます」

彼女は湿りかけた空気を払うように微笑みかけた。叔父には父の最期の言葉を伝えて承諾してもらったが、今日母に会い、別れる前に許されたのは幸運であった。人と人の織りなす縁の果てに自由があるなら、孤独が待つのも当然であった。

彼女は修理のことに一切触れなかったが、それが出府を決心させた第一の理由だと話してもはじまらないと思った。もしも彼が生きていたなら違う行き場があったろう。だが終わったことは仕方がなかった。かわりに男の霊を連れてゆくと言ったら、母はうろたえるに違いない。

二人で茶を一服したあと江戸の寄寓《きぐう》先を告げると、いせは当座を凌ぐものはあるのかと訊ねた。

「墨と絵筆がございます」

「末高を名乗るなら、それらしくしませんとね」

彼女は言って紙入れをよこした。手垢のついた古いもので、奥に籠る女の不自由が思いやられたが、明世はありがたくいただいた。老母から餞別をせしめて、独り立ちもないものだと思う。

いせは別れのときを悟り、目に涙を浮かべていた。急に激しい感情の波に襲われ、明世は青ざめながら別れの言葉を述べた。

「では、ご機嫌よう」

最後にそうはっきりと言い、深々と平伏した。額が畳に触れると溢れる思いに身動きがとれなくなったが、かたく歯を食いしめて振り切った。立ち上がり背を向けた体にいせの視線を感じながら、屋敷を出るまでは決して泣くまいと思った。吐き出せるだけ吐き出したあとの痛みに逆らいながら、彼女はもう来ることのない部屋から出ていった。

暁に時雨《しぐ》れて、いったん雨はやんだものの、空はいまも厚い雲に被われている。いつの間に夜が明けたのか、暗い空のままであった。出仕する林一を見送り、あとを追うようにして家を出ると、彼女は思ひ川へ向かって歩き出した。あとにはしげが続いた。

白壁町の屋敷からしげが来たのはつい昨日のことで、いせの計らいで馬島に奉公することになったのである。慶応三年の暮れも押しつまり、決まっていた年越しの宿下がりが、しげには思わぬことになったが、明世は胸を撫で下ろした。しげなら安心して家を任せられるし、林一もすぐに馴れるだろう。

道は濡れて歩きづらく、暗い空からは雪でも落ちてきそうであった。新しい草鞋はみるみる汚れてしまい、足袋《たび》も泥に塗《まみ》れてゆく。

「これも身勝手の報いかしら」

彼女は胸の中で呟いた。雨間《あまあい》の風が雨よりも冷たく感じられて、ひどい底冷えがしている。人を苦しめてまで我を通した女にはふさわしい旅立ちで、濡れて重い土を踏むうち、武家の誇りも驕《おご》りも削《そ》がれていった。

「これで本当によいのかどうか、わたくしには分かりません、いつぞや光岡さまにも母上を守れと言われました」

「よいに決まっています」

今朝も明世はそう断言した。

「光岡さまはあなたに大人になれと申されたのでしょう、わたくしは子に守ってもらうほどか弱い女ではありませんし、心任せに生きてゆければそれでよいのですから」

別れしなに林一へ言った言葉は本心であり、彼への慰めであった。

「では行ってまいります」

いつものように彼は言い、堂々と出仕する姿を明世は見送った。林一の行く手に維新とでもいうべき時代の峠が待つなら、彼女の向かうさきには見知らぬ世界と頼りない自由があるだけだが、人に気兼ねして絵を描けないことはないのだった。この土地では女が葦秋のようには暮らせないし、自由に旅することもできない。またぞろ窮屈な二十年を繰り返して何になるだろう。

片町の通りを白壁町の入口まできて彼女は小さくしげを振り返ったが、そのまままっすぐに歩き続けた。母の声に呼び戻される気がして、屋敷のほうはちらりとも見なかった。荷を背負ったしげは黙々とついてくる。はじめて有休舎へ行ったときも奔放な娘の情熱に引きずられていたが、今日はことさら気が重いようであった。彼女も結婚にしくじり家のない身であったから、女がひとりで生きてゆくあてどなさを思うのかもしれない。

追手先《おうてさき》を過ぎると人通りは減って、旅姿の女と供の女中に好奇の目を向ける人も少ない。明世は歩きながら城を眺めた。雪もよいに沈む漆喰《しっくい》の壁も、さほど立派とはいえない天守も、見納めと思うと味わいが深い。

しげはうつむき加減に歩きながら、冷え切った白い手を胸の前で合わせていた。力のありそうなふっくらとした短い指は、小振りの旅行李《たびごうり》を包んだ風呂敷の結び目を握っている。いままで見せたことのない暗い表情をして、しげは別れの言葉を探しているようであった。きつく結んだ唇が震えているのも寒さのためではないだろう。いつも明世にはたくましいところを見せてきたから、沈鬱なしげを見るのはつらいが、それもあと少しのことであった。

道は片町の外れにかかり、見えている大木戸を抜けると、二股道の一方がまっすぐに下宮の渡し場へ通じている。明世は木戸のさきから寺沿いに堤通りへ出るつもりで、そば遠い山脈《やまなみ》が見えるし、有休舎へ向かう葦秋の弟子たちとも会えるだろう。

木戸を抜けて間もなく脇道へ入りながら、滑るから気をつけて、と彼女は声をかけた。寺の杜に日の陰る道には人影がなくなり、普段の声で話しても人に聞かれる心配はなかった。

「重くはありませんか」

「いいえ」

としげは短く答えた。

「重いといえば気が重いだけです」

「どうして」

「何だか誰も幸せではないような気がして……」

しげの口から洩れた何気ない言葉が痛烈な一撃に思われ、明世は立ち止まり、気持ちを静めるために言いわけをした。

「それは違います、いまのわたくしはとても幸せですし、人は寄り合いながら暮らしても、支え合う以上に傷つけ合うこともありますから」

しげは身に覚えのある言葉にうなずいたものの、人との関りを断ってまで女が遠くへゆくことには反対らしい。何やら都落ちのようだと明世の行くさきを案じた。

「それも違うわね、江戸へゆくのですから」

彼女は笑いに紛らした。いせも林一も妥協してくれたが、しげの言うように本心が別のところにあってもおかしくはなかった。

それでも人が集い、いつか別れてゆくのは仕方のないことに思われた。親子も兄弟も、あるときから別れてゆくのが家族の宿命であって、無理に繋がろうとするから限界がくる。

「あなたは好きなものと厭なものとが、はっきりしてるから」

母は言ったが、好きなようにはできなかったから出てゆくのだった。人に生まれてきたからには自分の人生を生きたい。女だから、と口をそろえて生き方まで規制するのは世間の残酷な仕打ちである。身勝手な女の言いわけにも本気でうなずく人がいるとしたら、光岡修理だろうと思った。

「あなたには母子でお世話になるわね」

「大奥さまから数えますと三代になります、林一さまに御子ができたら四代ですねえ」

しげの表情がはじめて明るくなるのを、明世は冷えて薄暗い木の下で眺めた。

「林一さまに御子が生まれたら、そのときは戻られますね」

「ええ、そうしましょう」

彼女は言ったが、孫の顔を見るために帰る日が来るかどうか分からない。いきなり見知らぬ祖母が現われたなら、孫も驚くだろう。子を捨てておきながら孫に会うというのも、身勝手の上に身勝手を重ねる気がする。いまの彼女には過ぎたことから離れるのがさきで、明日のことは想像がつかない。これから国がどう変わろうと、不安にあらがいながら思う道を歩いてゆくだけである。

やがて堤通りへ出ると、彼女は思ひ川の堤へ上る石段の手前で立ち止まった。ここからさきはしばらくひとりにさせてほしい、そうしげに言うつもりが、目が合うと溜息に変わった。むかし二人で歩いた道を今日もここまできて拒むのは、それこそそしげに対する思い上がりであった。

石段を踏んで思ひ川の堤へ上ると、果たして見馴れた風景の静けさに休らう気がした。川を見るのが長い間の慰めだったから、冬の厳しさの中でも安らぎを感じる。暗い空の下にも静かな土地の息吹があって、そこにはゆったりとした時が流れる。彼女は佇んで、遠いむかしに目を凝らした。

風があるのに物音は絶えて深閑としている。川を下る舟は彼女を迎えにきたものだろうか。堤の道には葦秋の弟子たちの姿が見えて、若いころの修理や平吉や自身の姿と重なる。見るうち彼女は娘に還り、そこからはじまった日々にも別れを告げた。

いつか老いて孤独に震えるときがきたら、この眺めを思い出すに違いない。堤の道と川と水辺の匂い、それだけは忘れまい。冬の微かな匂いを確かめて歩きだすと、しげはあとから黙ってついてきた。前には有休舎へ向かう子供たちがいて、ぽつぽつと影絵のように見えている。

葦秋先生に叱られても、本当に描きたいものを描きなさい。彼女はすれ違う子供たちに密かに声をかけた。光岡修理のように、生きた絵を描くのですよ。そうすれば、いつかは必ずあなたを認めてくれる人が現われるわ。明世は彼らの厳しい将来を思ったが、修理も画家になっていたなら別の生きようがあったのである。生まれ合わせた乱暴な時代と戦い、男は死んだようなものだが、あとには林一のような若者が続いている、残されたものはそう思うしかなかった。

そこにそうしていると、どこからか近付いてくる男の気配を感じて、ひとりではないような気がする。彼女はすぐさきをゆく彼の幻影を見ながら、いまも情熱だけは二人分であろうかと思った。絵とともに生きる喜びを、信念とでもいうものに導いてくれたのも修理であった。

彼と出会わなければ、本心に蓋《ふた》をしたまま自分を誤魔化して生きたかもしれない。ときおり小さな抵抗を繰り返しては不自由な現実に埋もれてゆく。この二十年がそうであった。生きる喜びを家や家族に見出せる女ならそれもいいが、自分はそうではなかった。家は絵に没頭するための住処《すみか》であればよく、家を守るために絵を諦めて生きるのは本末転倒であった。絵の対象としての家や世間ではなく、自分を縛り付ける家や世間と対峙するとき、彼女は手に負えない自分の心に蓋をし、苦しみ、それでいて馴れ合わずにきたのである。疲れた心に修理の存在は救いであったし、頼り甲斐のある同志であった。世間に倫理などというものがなければ、堂々と二人で歩いていただろう。彼は行くべき道を知っていて、それにはときがかかると言った。現実の闇から救い出してくれる男ほど愛しいものはない。彼女は男に傾倒し、甲斐なく裏切られもしたが、結局、そうして男がつけてくれた道をいまも歩いているのだった。

堤の道も残り僅かになると、明世は気持ちを切り替えて、しげとの別れに備えた。寒風に肌が粟立《あわ》つように川には小波が立ち、人も川も凍えている。ひとりで舟に乗るのは心細いが、見えてきた下宮の渡しにはもう川舟が待っていた。

渡し舟が出たあとの桟橋はひっそりとして、人影は明世を待つ船頭と番人の老人の二人きりであった。しげのほかに見送る人のいないのは明世の望んだことで、つらい別れを重ねる気にはなれなかった。彼女は船頭に荷物を渡して、しげと桟橋に立ったが、面と向かい合うと胸がつかえて吐息を繰り返した。旅立つときめきの裏には何も当てにならない不安があって、瀬戸際に立つ危うさを感じる。これからさきはひとりの力で踏ん張るしかないのも自業自得であった。

何も言わないしげは、いつのときよりも落ち着かなく見えた。思いを伝えようとすればするほど言葉にならないらしい。それは明世も同じであった。むかし明世が何かにためらうか夢中になっていると、さあ、まいりましょう、としげはよく促したものである。明世は無視したが、しげの気持ちは分かっているつもりであった。それが今日は何も言ってくれない。人の気持ちを無視するような別れ方をするから、こちらから言葉をかけるのもむずかしかった。

「林一を頼みます」

「お気をつけて」

「いろいろと、ありがとう」

しばらく見つめ合い、うなだれ合ったあと、交わした言葉はそれだけであった。二人はほとんど同時に顔を上げた。まだ言うべきことがあるはずだと明世は出立をためらったが、やがて思い切ると、出してくださいと船頭を促した。しげと堤の道を歩くことはもちろん、その顔を見ることも二度とないだろう。かわりに、いつか若さが恋しくなったら彼女を描くことになるかもしれない。そんな気持ちで舟の上から見つめながら、最後の最後になって心からの会釈を送った。

舟は静かに岸辺を離れていった。思っていたよりも舟足が速く、流れの上を滑るようにすすんでゆく。たちまち渡し場は遠ざかり、じきに思ひ川から狭野川へ出ると、川幅の広さに心細さも膨れていった。

川は城の西ノ郭《くるわ》をかすめて流れ、黒い城壁を川面に映している。これまで手の届くところにありながら、明世ははじめて目にする厳《おごそ》かな景色に見入った。城壁も対岸の林も、破墨《はぼく》のような空の翳《かげ》りを吸って寒々しい。まるで硯の海に浮かぶ小舟から夜の底を見るような重苦しさであったが、西ノ郭を過ぎて間もなく彼女は暗い川面に落ちてきた白いものに気付いた。

（ああ、とうとう降りだした……）

見上げると空にはもう雪がひしめいていたが、真綿の降るような静けさであった。ふわふわとして掌にも載りそうな軽さに見とれて、明世は笠をつけるのも忘れていた。綿屑のような雪は途切れることがなく、神の手で一斉に撒かれたかのように美しい。川面に触れた瞬間、

次々と消えてゆくのも、間近に見ると心を惹きつけられる。彼女は川の暗さに墨の濃淡を見ながら、

「雪が降ったら、二羽の鴉を描きましょうか」

いつか男と交わした約束を果たすときが来たと思った。すると途端に胸の奥がざわめき、抑え切れない感情の喘ぎに襲われた。

彼女はほとんど無意識に矢立てと綴じ紙を取り出し、どこかに鴉はいまいかと見回した。雪に視界を遮られて鴉の見えるはずがなかったが、目を光らせて探すうち、何もかも忘れて雪の枝に寄り添う二羽の鴉を見ていた。鴉は彼女の心の中に現われ、たちまち姿を調えていった。

（描きたい）

そう思うのと、一切の雑念が消えるのが同時であった。構図を考えるまでもなく、二羽の鴉は枝を決め、そこに姿を定めて微動だにしない。対象を心の中にとらえて描こうとするとき、孤独は敵ではなかった。むしろ、ひとりの喜びに充たされてゆく。後先のことはどうでもよかった。

彼女は綴じ紙を開いて、二つの嘴《くちばし》を描きはじめた。生きた鴉を描きたい。その一念で筆を動かしながら不屈な顔になっていった。自由と孤独こそが生きている証であった。描きたいときに描きたいものが描けるなら、ほかに望むものはなかった。

心を決めて白紙に向かうとき、墨の匂いに誘われ、体中の血が躍動する気がする。これほど確かな生の実感がほかにあるとも思えない。

対象が新しいほど情熱も湧くから、淋しく思う暇はなかった。彼女は至福のときを味わいながら、これでいい、と思った。いつか優れた絵に魂を奪われることはあっても、情熱が尽きるとは考えなかった。

不意に何か言う船頭の声が聞こえて顔を上げると、行く手にも雪が見えるだけであった。舟は巧みに操られ、暗い川面を滑り続ける。行き暮れておぼつかない前途を見る気がしたが、彼女も道を決めたからには止まるわけにはゆかない。自分には墨と筆があればいい、見かけの幸福が何になる、と気色《けしき》ばんだ。ひとりが何だろう。憂鬱な日は憂鬱を描き、心の弾む日は弾むように描く。そうして残りの一生を墨とともに生きてゆくだけであった。

解説

川本三郎

二〇〇一年に『五年の梅』で山本周五郎賞を、二〇〇二年に『生きる』で直木賞を受賞した、時代小説の第一人者、乙川優三郎の直木賞受賞第一作となる長編小説である。二〇〇二年に「読売新聞」の夕刊に連載された。

幕末の頃、利根川に近い下総の小藩内に住む絵を描くのが好きな女性を主人公にしている。女性が自由に生きることの出来なかった時代に、家を捨て江戸に出て画家として立とうと決意する、意志の強い闔秀画家である。

乙川優三郎は、これまでも、長編『喜知次』や『かずら野』で、また短編「小田原鰹」（『五年の梅』）や「屋烏《おくう》」（『屋烏』）で優しく、芯の強い女性を描いてきた。武家社会という男性中心の世の中にあって、家の重みや世間のしがらみのなかで、なんとか自分の思いを果たしたいと悪戦苦闘する女性たちである。男性だけでなく女性を描く。そこに、乙川優三郎の大きな特色がある。

本書に何度か「仕来り《しきた》」という言葉が出て来る。「武家の女子が画家になるためには狭い世間の仕来りを破らなければならない」「（母は）女子の幸せについて諄々と語った。嫁にゆくほかに女子の幸せも生きてゆく道もない、あとで気付いても取り返しはつかないのだと繰り返した。ほかでもない母が世間の仕来りであった」

「仕来り」とは、自由に生きたいと願う女性を取り囲む世間の束縛のことである。絵の好きな明世という主人公の女性は、終始この「仕来り」と戦わなければならない。

恋愛が、それを阻む要因があればあるほど激しくなるのに似て、自由を求める気持も、「仕来り」があればあるほど強くなる。そして、現代のように簡単に自由が手に入ってしまう時代と違って、「仕来り」の重みにつぶされそうになって生きなければならない身分社会、男性社会にあっては、明世の自由への思いは、強く、そしてより純粋なものになる。

十代の頃から三十代の後半までの明世が描かれているが、明世は

「仕来り」のなかで終始、張りつめた気持でいる。自分が世間では、変わり者、異端だと意識しているからこそ、つねに緊張感を失なわない。

そのストイックな強さが、明世を美しくしている。乙川優三郎が時代小説を描き続けているのは、「仕来り」の強い時代に生きている昔の人間のストイシズム、「何でもあり」の現代人が失なってしまった倫理感に惹《ひ》かれるからだろう。「仕来り」があってこそ逆にひとは懸命に、丁寧に生きようとする。

本格的に絵を描き出した明世が、幼なじみの絵仲間とはじめての書画会を開くことになる。いまふうにいえば個展である。絵を展示し、客に売る。職業としての画家の第一歩といっていい。

その書画会のために明世は、朝もやに包まれた川辺にかがむ若い女性の絵を描き、それに「丁寧」という風変わりな画題を付ける。もっと自分を見つめて丁寧に生きろという思いを託している。それは明世の画家としての思いであるのと同じように、作者である乙川優三郎の作家としての覚悟でもあるだろう。もっと丁寧に生きよう。「仕来り」を意識することによって逆により強く、純粋に、そして丁寧に生きようとする思い定めである。

「丁寧」の絵を前にした経師屋の老主人はひとしきり真剣に見て感服したように「(娘の)目がいいですねえ」といったあと、思い当ったように付け加える。「そうか、この絵は仰ぎ見ちゃあ、いけないんですね、娘と同じ気持ちになって自分を見つめるんでしょう」。

いい言葉である。花鳥風月のありきたりの絵ではなく、川辺にかがむ娘の姿を描いた明世は、「仕来り」の困難のなかで生きている娘に、丁寧に生きよと、同じ立場から呼びかけている。世間に抗《あらが》いながら、絵ひと筋に生きようとする自分自身への励ましでもある。そして、ここでも、作者の乙川優三郎は、明世の生きる姿を仰ぎ見るのではなく、明世の気持になって見つめようとしている。山本周五郎を好きな作家の第一に挙げる乙川優三郎は、悪戦苦闘する主人公を高いところから見るのではなく、彼女と同じ位置にいて、寄り添おうとしている。ともすれば、作者が主人公を自分の創造物としていじくりまわしてしまうことの多い現代小説に比べ、時代小説では「仕来り」と制約があるために作者は、主人公に対してあくまでも慎《つつ》ましい。乙川優三郎が時代小説に惹かれるのは、この慎ましさのためでもあるだろう。

女性が絵を描くことなど無駄なことと思われていた時代に、明世は絵に喜びを見出す。身近な草や花を見ると絵を描きたくなる。英雄や神話を画材に選ぶのではなく、草や花というのが慎ましく好ましい。

岡村有休という藩内では知られた青年画家の画塾、有休舎に入門した折り、「それで、何を描きたい」と有休に聞かれた十三歳の明世が「花や草です」と答えたあと、「できれば蛙も」と付け加えるのが微《ほほ》笑《え》ましい。身近な小世界への愛情があらわれている。

有休舎に入った明世は、同年齢の二人の仲間――、蒔絵師の子供の平吉と、小禄の武家の子供、陽次郎と親しくなる。絵を描くことの好きな子供たちがなんの邪心も打算もなく、ただ純粋に絵への愛情によって結ばれてゆく。

まだ世間の「仕来り」をさほど感じなかった子供時代の穏やかな記憶が、この小説の美しいイメージとなっている。成長するにつれ身を屈して生きてゆかなければならない明世にとって、子供の頃、平吉と陽次郎と共に、絵を描く喜びを語らい、川や野の風景を眺めた記憶が、生きるうえでの大きな支えになってゆく。原風景といってしまうと月並みになるが、子供時代の平穏な記憶は、明世にとってつねに立ち戻ってゆき、再び生きる力を得ることの出来る泉のような大切なものになっている。

本当はいつまでも絵を描き続けていたい。しかし、女は親や夫に仕えるのが当り前とされていた時代に、そんな自由が許されるわけがない。明世にとって絵はかけがえのない喜びだが、親から見れば絵などしょせん子供の慰めものでしかない。明世の父は三百三十石の上士。そうであればいっそう父は、娘の絵への思いを軽く見る。「ちょうどよい、そろそろ絵をやめて家政を学べ、そのほうがよほどためになる」。母もまた嫁にゆくことが「女子の幸せ」であると教え諭す。

結婚の話が出て、動かしがたい事実になった時、それでもなお「絵だけは何があっても続けとうございます」と夢を追おうとする明世はついに父親に平手で殴られる。自由を求めようとする娘は父親にとって単なるわがまま娘にしか見えない。

明世はいわば早く生まれ過ぎた自立する女性である。もう一人のノラである。閨秀画家を描いた小説には、江戸時代に実在した平田玉《ぎょく》蘊《うん》を描いた今井絵美子『蘇鉄のひと　玉蘊』や、芝木好子の名作『葛飾の女』などがあるが、いずれも男性社会のなかでなんとか思いを果そうとする女性画家の苦しい戦いが主題になっている。

明世もまた、絵が好きであればあるほど世間の「仕来り」を重く意識せざるを得ない。世のしがらみと絵への思いがぶつかり合い、いっときも心の安まる時がない。

結婚、夫の突然の死、姑との息苦しくなるような暮し、子育て。零落した家をひとりで切り盛りしながら、明世はそれでもなお絵を手放さない。苦しい暮しのやり繰りのなかでなんとか紙を買い、台所の片隅で絵を描き続ける。彼女なりの意地立てであり、誇りでもある。

それはそのまま幕末の世にあって、困難を承知で保守派と戦おうとする侍たちの意地や誇りと重なり合う。

三十代になった明世は、かつての陽次郎、成人して修理と名を改めたかつての絵仲間と再会する。絵心が再びよみがえるだけではない、長いあいだ男と無縁で暮していた明世は修理の優しさ、男らしさに強く惹かれてゆく。修理もまた——。

後段、二人の思いが重なり合い、恋愛小説の形をとってゆくが、ここでも「仕来り」は重く二人にのしかかる。ともに家の「仕来り」のなかで生きている二人が思いのままに好き合うことなど許されない。禁欲と慎ましさが二人の恋愛を張りつめた、美しいものにしてゆく。

そして、勤皇派だった修理は藩内の保守派によって暗殺される。思いがけない修理の死に心を乱し、修理の絵を描き続ける明世の姿は狂気を感じさせ、鬼気迫るものがある。

かつて師の有休は、こんなことをいったことがある。「憂鬱な日は憂鬱を描けばいい」。美しいもの、穏やかなものを描くだけが絵ではない。重く暗い悲しみ、憂いもまた画家にとっては大事なのだといっている。この小説も、明世の悲しみと憂いがあるからこそ深く読者の心に迫ってくる。

狂気に近い憂鬱とは、暗いところから明るい開けた場所へ一歩入ってゆくための切実な儀式なのだろう。憂鬱があり、それを通り抜けてきたからこそ、明世は最後、強い意志で画家として立つことを決める。

もう一人、そでという姑の存在も心に残る。終始、明世を息苦しくする嫌な姑だった。それが、老い、死を意識してきた時、はじめて明世に心を開く。「あなたはいいわねえ、絵があって」。姑もまた男性社会の「仕来り」のなかで、がんじがらめになって生きてきた不幸な女性だったとわかってくる。そでと明世の最後に来ての和解がこの小説を明るくしている。老いた姑を描いた秀作「花の顔」(『椿山』)を思わせる。

川で始まった物語は、最後、明世が再び川辺に立つところで終わる。終始、明世の心の支えになった川の名は「思ひ川」――。

(文芸評論家)

本書は、株式会社文藝春秋のご厚意により、文春文庫『冬の標』を底本としました。但し、頁数の都合により、上巻・下巻の二分冊といたしました。

冬の標《しるべ》　下

(大活字本シリーズ)

2023年11月20日発行（限定部数700部）

底　本　文春文庫『冬の標』

定　価　（本体3,100円＋税）

著　者　乙川優三郎

発行者　並木　則康

発行所　社会福祉法人 埼玉福祉会

埼玉県新座市堀ノ内3―7―31　〒352―0023

電話　048―481―2181

振替　00160―3―24404

印刷製本所　社会福祉法人　埼玉福祉会 印刷事業部

ISBN 978-4-86596-597-1

大活字本シリーズ発刊の趣意

現在，全国で65才以上の高齢者は1,240万人にも及び，我が国も先進諸国なみに高齢化社会になってまいりました。これらの人々は，多かれ少なかれ視力が衰えてきております。また一方，視力障害者のうちの約半数は弱視障害者で，18万人を数えますが，全盲と弱視の割合は，医学の進歩によって弱視者が増える傾向にあると言われております。

私どもの社会生活は，職業上も，文化生活上も，活字を除外しては考えられません。拡大鏡や拡大テレビなどを使用しても，眼の疲労は早く，活字が大きいことが一番望まれています。しかしながら，大きな活字で組みますと，ページ数が増大し，かつ販売部数がそれほどまとまらないので，いきおいコスト高となってしまうために，どこの出版社でも発行に踏み切れないのが実態であります。

埼玉福祉会は，老人や弱視者に少しでも読み易い大活字本を提供することを念願とし，身体障害者の働く工場を母胎として，製作し発行することに踏み切りました。

何卒，強力なご支援をいただき，図書館・盲学校・弱視学級のある学校・福祉センター・老人ホーム・病院等々に広く普及し，多くの人人に利用されることを切望してやみません。